दो लोग

दो लोग

एक उपन्यास

गुलज़ार

भूमिका

पवन के. वर्मा

प्रथम प्रकाशन 2017
पेपरबैक संस्करण प्रकाशन 2024
हार्पर हिन्दी (हार्परकॉलिंस पब्लिशर्स इंडिया) द्वारा प्रकाशित
बिल्डिंग नं. 10, टावर A, 4th फ्लोर,
डीएलएफ साइबर सिटी, फेज II, गुरुग्राम 122002, भारत
www.harpercollins.co.in

P-ISBN: 9789362138187

टाइपसेटिंग : निओ साफ़्टवेयर कन्सलटैंट्स, इलाहाबाद
मुद्रक : मणिपाल टेक्नोलॉजीज़ लिमिटेड

सरदार मक्खन सिंह
और
सुजान कौर
दीना वाले *(पाकिस्तान)*

विषय-सूची

दो लोग...

पहली आलमी जंग को तो दूसरी आलमी जंग ने भुला दिया... मगर दूसरी आलमी जंग को भूलते वक़्त लगा। हज़ारहा फ़िल्में बनीं, और लाखों किताबें लिखी गयीं। तब्सरे और सेमीनारों में बोल-बोल के योरप ने दिल की भड़ास निकाल ली। और दूसरी आलमी जंग आहिस्ता-आहिस्ता एक पुरानी याद बन कर इतिहास में दाख़िल हो गयी... और माज़ी की बात लगने लगी।

उससे भी लम्बा वक़्त लगा है हिन्दुस्तान की तक़सीम को भुलाने में। सत्तर साल हुए और अब भी जब हम आज़ादी की बात करते हैं तो पहले तक़सीम का नाम आता है।

यही कहते हैं, ''पार्टीशन में यूँ हुआ और यूँ हुआ!''

दो लोगों के इतने बड़े migration की दूसरी मिसाल नहीं मिलती इतिहास में! लेकिन हम लोग उन ज़ख़्मों को दबा के बैठ गये और बात नहीं की। न फ़िल्में बनाईं, न तब्सरे किये, न मुड़ के जायज़ा लिया। हाँ कुछ दो या तीन इलाक़ाई ज़बानों में लिखते रहे। उर्दू, हिन्दी, पंजाबी और बंगला में। उससे ज़्यादा कुछ नहीं किया। पुश्तें गुज़र गयीं लेकिन वो भड़ास अब तक

सीनों में सुलग रही है। अपनी ज़मीन से उखड़े हुए वो लोग अभी तक बसे नहीं।

''दो लोग'' ऐसे ही कुछ लोगों की कहानी है जो 'कैम्बलपुर' से निकल कर हिन्दुस्तान पहुँचे और अब तक भटक रहे हैं सत्तर साल हुए। मैं उन में बहुत लोगों से मिला हूँ। जगह जगह। हिन्दुस्तान के शहरों में भी, और हिन्दुस्तान पाकिस्तान के बाहर भी... ये किर्दार फ़र्ज़ी नहीं हैं। ख़याली नहीं हैं। हाँ यूँ ज़रूर हुआ है के कुछ शख़सियतें एक दूसरे में जज़्ब हो गयी हैं क्योंके उनके दर्द एक ही जैसे थे। 'आल्फ़ा नगर' का शहर जिसे एक अंग्रेज़ ने नाम दिया था, वो 'कोटा' के पास अब तक मौजूद है। और वहाँ 'बेबे' के परिवार वालों से मिला हूँ। 'कोटा' के जेलर साहब से मेरी मुलाक़ात अब तक याद है हाँ कुछ नाम जानबूझ कर बदल दिये हैं। राय साहब को मैंने पुरानी दिल्ली की गलियों में कुबड़ों की तरह चलते देखा है।

सन् 84 के फ़सादात और कार्गिल हमारे सामने के वाक़्यात हैं, किसी mythology से नहीं निकाले गये।

कुछ दोस्तों को ये नॉवल मुख़्तसर लगा। मुख़्तसर ज़रूर है। लेकिन ये 'नॉवला' नहीं है। इसके सारे अंग पूरे नॉवल के हैं। सफ़्हों के कम ज़्यादा होने से नॉवल एक 'नॉवला' नहीं हो जाता। ऐसा मेरा ख़याल है।

बँटवारे की अज़ीयतों पर बहुत कहानियाँ और नॉवल लिखे जा चुके हैं। मेरा मक़सद सिर्फ़ उन रेफ़्यूजियों की

अज़ीयत बयान करना था जो ज़हनी और जज़बाती तौर पर अभी तक बसे नहीं। जिनको अभी तक बॉर्डर की लकीरों ने कलाई से पकड़ा हुआ है।

''हाथों ने दामन छोड़ा नहीं, आँखों की सगाई टूटी नहीं
हम छोड़ तो आये अपने वतन, सरहद की कलाई छूटी नहीं!''

गुलज़ार

भूमिका

तसव्वुर कीजिये प्यार से तराशी हुई किसी नज़्म के फैलकर एक फ़साना बन जाने का। या फिर ख़याल कीजिये उस किस्से का जो अपनी ही अदा में सिमट-सिमट एक कविता बन गया। बल्कि, आप तो तीसरा, एक अलग ही रास्ता भी चुन सकते हैं—एक पटकथा का जो अपने वितान में बन जाए एक अदद उपन्यास, और बन जाए एक नज़्म अपनी सिमटन में।

'तिहरे' आख्यान के विसृत रचनाकर्म पर गुलज़ार का यह पहला प्रयास—जो एक कविता भी है, एक पटकथा भी, और है एक उपन्यास भी। कविता अपने बिम्बों के चलते; अब चूंकि हरेक प्रसंग आपके आगे बाज़ीचा-ए-अत्फ़ाल की मानिंद खुलता जाता है सो यह एक पटकथा भी है; तिस पर यह एक नॉवल भी है जो अपनी कहानी को इस अजब अंदाज़ में बयां करता है जो अंदाज़ न कविता का है, और न ही किसी पटकथा का।

गुलज़ार साहब ने अक्सर मुझसे चुहल में कहा है कि काश वे भी एक 'मुकम्मल' नॉवल लिख पाते जैसा कि मैंने कभी लिखा था। मुझे खुशी है कि उन्होंने ऐसा न किया। इसकी वजह एकदम साफ़ है—उनका यह नया शाह्कार

एकदम माकूल पसार लिए है। किसी लघुकथा से लम्बा और किसी मुकम्मल नॉवल से कमतर। अपने इस अनोखे आपे में यह किसी लघुकथा का नाटकीय लाघव समेटे तो है ही, साथ ही एक उपन्यास की बुनावट भी लिए है। उपन्यासिका की विधा पर तमाम साहित्यिक दूरबीनें तनी रही हैं। बहरहाल, यह किसी भी प्रकार के चलताऊ खांचे में फिट होने न पाई है। और उसकी इसी रचनात्मक उद्दंडता में ही इसके गहरे असर का राज़ समाया है। हालांकि विधा अपने आप में नयी नहीं है। मुंशी प्रेमचंद ने कई लिखे। अल्बेयर कामू ("द स्ट्रेंजर"), अर्नेस्ट हेमिंग्वे ("दी ओल्ड मैन ऍण्ड द सी") और जॉर्ज ऑर्वेल ("ऍनिमल फार्म") इस विधा की कुछ मिसालें हैं।

कथा साहित्य कल्पना की ही एक उड़ान है। इसकी लम्बाई तब तक मौज़ूं है जब तक कि यह इसके पुरअसर होने में रुकावट नहीं। वैसे सवाल तो बनता है कि आख़िर किसी साहित्यिक अभिव्यक्ति की गुणवत्ता उसके पन्नों की संख्या पर क्यूं कर निर्भर हो? कौन यह तय करता है कि कोई दास्तान, कोई अफ़साना कितने हर्फ़ों का हो? क्या कोई कहानी तभी ख़त्म हो जानी चाहिए जब पाठक अभी भी चाह रहा हो कि यह बस यूं ही चली चले या फिर वह सोचने लगे कि आख़िर यह ख़त्म होगी भी या नहीं? कोई भी ग्रंथ तभी तक स्वीकार्य है जब तक वह पाठक की दिलचस्पी थामे है। ठीक इसी तरह, किसी रचना की छोटी साइज़ जायज़ है अगर वह पाठक को जकड़े रख सकती है। सृजन के तिरपाल पर तमाम तरह की

बंदिशें उस्ताद लोग बेकायदा लगाते रहते हैं। असल मुद्दा तो बस इत्ता सा है कि कहन अपने आप में मुकम्मल है या नहीं, फिर चाहे इसका बाना जो भी हो बशर्ते वह लेखक को मथती दास्तान का दिलचस्प बयान हो।

चार उपन्यासिकाओं वाली अपनी किताब "डिफ्रंट सीज़न्स" में स्टीवन किंग ने उपन्यासिका को एक "पेचीदा और बदनाम बनाना गणतंत्र" की संज्ञा दी है। सम्भवत: आत्मवंचना की यह एक बड़बोली और जानीबूझी हरकत थी क्योंकि उनके पाठकों ने तो इसे हमेशा की तरह ख़ूब पठनीय पाया। उधर जबकि, आइरिश लेखक इअन मॅक्ईवन ने द न्यू यॉर्कर (12 अक्टूबर, 2012) में लिखा था, "यह उपन्यासिका एक उम्दा गद्यिका है।" यह फ़ोकस बनाये रखती है, इसकी रफ़्तार तेज़तर है, इसका फैलाव एक उपन्यास का फैलाव तो है लेकिन कहीं बहुत गहरी सघनता लिए हुए; एक ओर जहाँ इसमें आवश्यक विवरण हैं, वहीं झोलखाते अनावश्यक तथ्यों का निग्रह भी इसमें है; और शब्दाधिक्य की निर्मम छंटाई के चलते इसके किरदार निखर-निखर उठते हैं। इसकी पठनीयता औपन्यासिक है, और, किंचित किसी लघुकथा के मुक़ाबले ज़्यादा संतोषप्रद है। या यूं भी कह सकते हैं कि यह मुकम्मल अदबी अंदाज़े बयां है। यह अंदाज़ पाठक को एक ऐसी कृति देता है जो उपन्यास की मानिंद बहुत लम्बी भी नहीं है लेकिन इतनी छोटी भी नहीं कि उसे प्यासा छोड़ चल दे।

जिस तरह यह बात साहित्य की हर विधा पर सहज ही लागू होती है, ठीक उसी तरह उपन्यासिका की सफलता भी महज़ उसकी बुनावट पर ही निर्भर नहीं करती, लेकिन महत्व के लिहाज़ से उससे कहीं और ज़्यादा उसे लिखने वाले की साहित्यिक पटुता पर निर्भर करती है। जब गुलज़ार गलबहियां करते हैं तो उपन्यासिका का वजूद एक उस्ताद शायर के नर्म-गर्म आगोश में महफ़ूज़ होता है। अपनी ख़ातिरी की ख़ातिर आपको बस "दो लोग" पढ़ना ही काफी होगा। "दो लोग" विभाजन की त्रासदी के बारे में है—त्रासद भी ऐसी कि इधर आज़ादी की बेला आने को है, और उधर ब्रिटिश नक़्शानवीस विभाजित होने वाले दो देशों, भारत व पाकिस्तान, की हदें उकेरने में बेहद मुब्तिला थे। जो एक अटूट था, वह टूट कर दो ऐसे मुल्क बने जिनके बीच का फ़ासला फिर कभी न पाटा जा सका। करोड़ों लोग रातोंरात बेघरबार हुए। कोई डेढ़ेक करोड़ लोग—पुरुष, स्त्री, बच्चे, जवान और बूढ़े—उस नियति के शिकार हुए जो उन्होंने न चुनी थी। अटकल है कि इस तक़सीम से जाई खूनी वहशियत ने कोई दो करोड़ जानें लील लीं।

वक़्त मरहम तो लगा देता है पर यादें मिटाए नहीं मिटतीं—सुलगती रहती हैं राख में दबे अंगारों की तरह, तारीख़ के शोले बुझ जाने का ऐलान जो चाहे करे, जितना चाहे हुआ करे। "दो लोग" इन्हीं भुतहा स्मृतियों, इन्हीं सुलगते अंगारों की दास्तान

है जो आपको ले जाती है सीधे उन्हीं भोले, मासूम लोगों के दुखों और उलझनों के करीब जो इस बंटवारे का शिकार बने।

यह गुलज़ार साहब की अनूठी और दिलकश शैली में लिखी गई है। कहानी के पात्र हम आप सरीखे आम इनसान ही हैं और सीन-दर-सीन यह इस मानिंद खुलती जाती है कि हमारे आगे 1947 के वे भयावह दिन अपनी समूची निर्ममता में आ गुज़रते हैं। कहानी का हर किरदार अपने आप में अनोखा है और हमारे ज़ेहन में बस जाता है, अपनी तफ़सील के चलते नहीं, बल्कि लेखक की इस काबिलियत के चलते जिसके बूते वह उनमें ऐसे रंग भरता है जो उस किरदार की ठसक, उसकी तासीर, उसकी ठवन, उसकी कहन, उसकी मनोदशा, उसकी बोली, उसकी गाली तक को भी जीवंत कर देते हैं।

लेकिन "दो लोग" बँटवारे पर ही ख़त्म नहीं होती। यह हमारा हाथ थामे लिए चलती है दशकों बाद के उस समय में जहाँ, 1947 में जुदा हुए सिरे, आश्चर्यजनक तरीके से आपस में फिर आ जुड़ते हैं। इस पड़ाव पर, 1984 के दंगे समाज में बिफरी नफ़रत और दरिंदगी का रूपक बन उभरते हैं। जिन जज़्बात ने बँटवारे को भारत के आधुनिक इतिहास का सबसे काला अध्याय बनाया था वही जज़्बात एकदम अलग हालात में भी फिर से एक नयी शक्ल में सामने आ जाते हैं, गोया बताते हों कि 'शरीफ़' समाजों के सतह तले छुपे फिरते ये कट्टर और पेचीदा जुनून बड़े आराम से जब चाहे भड़काए जा सकते

हैं, जबकि अतीत ने हमें इन पर दृढ़ तरीके से काबू पाने का सबक पहले सिखा दिया हो।

उपन्यासकार के बतौर गुलज़ार साहब की यह शुरुआत एक शानदार मुखड़ा है। "दो लोग" बेहद रोचक है क्योंकि इसका लेखक शब्दों से वही जादू करता है जो एक कुम्हार मिट्टी से। गुलज़ार के पास एक संवेदनशील फ़िल्मकार की आँख है, एक शायर का एहसास है, और एक ऐसे व्यक्ति की छुअन है जिसका अपना मन इस आग में झुलसा है। किताब पढ़ चुकने के बाद भी इसके किरदार और उनके वाक़्यात हमारा दामन नहीं छोड़ते। आख़िरी सफ़्हा भी हमें किताब की क़ैद से निजात नहीं दिलाता।

पवन के. वर्मा

(अनुवाद मनोहर नोतानी)

भाग एक

मास्टर फ़ज़ल कहते...

''तवारीख़ लम्बे-लम्बे डग भर रही थी इस वक़्त। मैं अपने वक़्तों की बात कर रहा हूँ, बीसवीं सदी! दूसरी जंगे अज़ीम ख़त्म हुई—और जरमनी को तोड़ कर दो हिस्सों में बाँट दिया गया... ईस्ट जरमनी—वैस्ट जरमनी!

मुल्क तो बटा, लोग भी बट गये। वो एक लोग थे। अब दो लोग हो गये।

ये एक काम करने के लिए छ करोड़ तीस लाख लोगों की जान गयी।''

वो कैम्बलपुर में जहाँ बैठ जाते, लोग उनकी बात बड़े ध्यान से सुनते थे। हालांके सब बातें, सबकी समझ में न आती थीं। मगर उनकी बातों पर लोग यक़ीन रखते थे।

''तवारीख़ एक और बड़ा क़दम उठा रही है। अब हमारी ज़मीन पर कुछ लोग एक और बँटवारा करने की सोच रहे हैं। हिन्दुस्तान को काट के एक और मुल्क बनेगा—पाकिस्तान! फिर कुछ लाखों करोड़ों की जान पर बनेगी।''

ख़ामोशी की एक और छाप पड़ी... किसी ने सर्गोशी की—''लाखों?... करोड़ो?''

नबी ने हुक़्के का एक लम्बा कश गुड़गुड़ाया और मास्टर फ़ज़ल की तरफ़ बढ़ा दी। वो बड़े ग़ौर से सुन रहा था। मास्टर फ़ज़ल ने उससे भी लम्बा कश लिया। लोग अगले जुमले के लिए मुन्तज़िर थे।

''मग़रूर तवारीख़ ऐसे ही सर उठाये चलती है, नीचे नहीं देखती पाँव में क्या कुचल रही है... देखती नहीं... ! नीचे लोग हैं ! आम लोग ! जिनका ख़ून बहता है।'' ये रहमू ने नहीं सुना था। न समझ आया।।

फ़ज़ल बोले : ''पहाड़ को काट के दो करना आसान है भाई !

लोगों को काट के, एक से दो करना बहुत मुश्किल काम है !''

कैम्बलपुर शहर का शहर और क़स्बे का क़स्बा। बाहर बाहर क़स्बा लगता था, और अन्दर पूरा शहर बसा हुआ था। शहर भी गुथा हुआ नहीं। बस्तियों में कटा हुआ। मगर कैम्बलपुर ने इन बस्तियों को ऐसे जोड़ के रखा था, जैसे कोट में बहुत-सी जेबें लगा ली हैं। ये बाहर का क़स्बा कोट की एक आसतीन की तरह शहर से जुड़ा हुआ था। आते-जाते ट्रक जब क़स्बे से निकल जाते तो थोड़े से लोग बच जाते। कुछ उसी क़स्बे के, कुछ आस-पास के गाँव से आये, परचून के व्यापारी। सन् 46 की बात है, मुल्क अभी बँटा नहीं था। लोग बटने शुरू हो गये थे। आते-जाते ट्रकों वाले कुछ उड़ती-उड़ती ख़बरें छोड़ जाते, कुछ पर लगी ख़बरें शहर वाले उन्डेल देते। बात एक रोज़ कैम्बलपुर के ढाबे से शुरू हुई। अन्धा अन्धेरा-सा ढाबे के पीछे का कमरा।

फ़ौजी ने हमीद को आवाज़ दी... ''म्हेदया, इक सोडा दईं... !''

कड़वी शराब को निगलने के लिए फ़ौजी कभी-कभी आवाज़ देता। लखबीरा कलेजी की एक और पिलेट मँगवा लेता। फ़ौजी अगर किसी को जानी दोस्त कह सकता था, तो वो लखबीरा था। फ़ौजी की और किसी के साथ पटती नहीं थी। बस वो और लखबीरा कमरे की कानी खिड़की के पास

बैठे देर तक पीते रहते। खिड़की कानी कहलाती थी क्योंके एक पट का शीशा निकल गया था। बाक़ी खिड़कियाँ बन्द रहती थीं। यही जगह थी जहाँ से बाहर की ख़बरें दिखाई देती थीं। लखबीरे ने एक घूँट लिया और बोल पड़ा।

''ये पैंती-छत्ती (35–36) जब आता है कोई ज़हरीली ख़बर छोड़ जाता है यार।''

पैंतीस छत्तीस ट्रक का नम्बर था। लेकिन उसके मालिक को लोग उसी नम्बर से बुलाते थे।

फ़ौजी बहुत कम बोलता था। बस एक बार जलती टार्च की तरह अन्धेरे में आँखें घुमायीं, और गिलास में सोडा उन्डेलने लग गया।

लखबीरा कोई बात उगलना चाहता था लेकिन फ़ौजी ने शह नहीं दी। फ़ौजी को पता था, लखबीरा क्या कहने वाला है। आजकल हर तरफ़ ऐसी ही धुआँ खायी बातें चलती थीं।

फ़ौजी का बस नाम ही फ़ौजी था। वरना फ़ौजी जैसी कोई बात नहीं थी। शायद उस ख़ाकी रंग की फ़ौजी जैकिट की वजह से नाम पड़ गया था, जो धूप छाँव में हर वक़्त पहने रहता था। कोई एक दर्जन पीतल के चमकते बटन थे उस पर। वही अच्छे लगे थे जब किसी हाट में वो जैकिट ख़रीदी थी उसने। जैकिट तो कभी धुलवाई नहीं, लेकिन बटन हमेशा चमकीले रखता था। अपनी चमकीली आँखों की तरह। बड़ी तेज़ थीं आँखें उसकी। टार्च की तरह जलती थीं। जो देखता था, आँखों में लिख लेता था।

लखबीरे ने बात उगली। ''पैंती-छत्ती कह रहा था, शेख़ूपुरे में हिन्दू औरतों को नंगा कर के जुलूस निकाला मुसलमानों ने।''

फ़ौजी चुप रहा।

लखबीरा फिर बोला। ''क्यों?... ख़ालसे मर गये हैं क्या?...''

उसे तैश आ गया। फ़ौजी ने ये भी लिख लिया आँखों में।

लखबीरे ने घूँट लिया और बात गले से नीचे उतारी। ''मुसलमानों की मायें बहनें नहीं हैं क्या?...'' फिर बुड़बुड़ाया... ''पैंती-छत्ती दी भेन दी... !''

आहिस्ता-आहिस्ता जो अफ़वाहें थीं वो ख़बरें बनने लगीं। और ख़बरें... ख़मीरे आटे की तरह फूलने लगीं। लोग बिन देखे, बिन बोले यक़ीन करने लग गये।

किसी ने कहा। ''तिवारी की बहू को मुसलमान उठा कर ले गये।''

''तिवारी ने ख़ुद ही उठवा दिया होगा। बहुत दिनों से इस फ़िराक़ में था।''

''उसे क्या तकलीफ़ थी बहू से?'' पाली ने पूछा।

‘‘बेवा है। तिवारी के बेटे को मरे चार साल हुए। बेटे का बेटा पाँच साल का है।’’

‘‘तो?...’’ पाली ने थूथनी बाहर निकाली।

‘‘बहू बेटे को लेकर जाना चाहती थी। अपने मायेके— उधर दिल्ली के पास कहीं।’’

‘‘तो?...’’

‘‘और वो पोते को छोड़ नहीं रहे थे। एक दिन तो आधी रात में सास ने बहू को घर से निकाल दिया था।’’

‘‘तो?...’’

‘‘शेख़ उमर के घर रात काटी। सुबह वही घर छोड़ने आया।’’

एक वक़्फ़ा आया—और पाली ने फिर पूछ लिया।

‘‘तो?...’’

‘‘तेरी ‘तो’ की भेन की... चुप कर!’’

एक वक़्फ़े के बाद पर्तपाल फिर बोला।

‘‘तो मैं उस रात कहाँ था?’’... एक ज़ोरदार टहका बजा।

एक और जेब थी कैम्बलपुर की। वो शहर के काफ़ी अन्दर थी और वो इलाक़ा काफ़ी गुन्जान भी था।

किसी ने वहाँ के ''एम.बी. मिडल स्कूल'' में उड़ा दी के जिस दिन पाकिस्तान बन गया, उस दिन यहाँ के सारे हिन्दुओं को मकान ख़ाली कर के हिन्दुस्तान जाना पड़ेगा।''

''वो क्यों?'' मास्टर करम सिंह ने पूछा।

''इस लिये के हिन्दुस्तान से आने वाले मुसलमानों को मकानों की ज़रूरत पड़ेगी। वरना कहाँ रहेंगे?... सड़क पर?''

मास्टर करम सिंह को सियासी बात समझ न पड़ती थी। और जब कुछ समझ न पड़े तो उसका एक ही ठिकाना था। फ़ज़ल मास्टर!

फ़ज़ल मास्टर पर तो ऐसे यक़ीन था जैसे गुरु ग्रंथ साहब पर! कहा करता था।

''ओये... उसने सब पढ़ा है। ग्रंथ साहब में जितने भगत हैं,... भगत कबीर, भगत नाम देव, भगत फ़रीद, भगत बुल्लहे शाह सब ज़बानी हिफ़्ज़ है उसे!''

करम सिंह और फ़ज़ल दीन की जोड़ी बड़ी पुरानी थी। दोनों वहाँ के मिडल स्कूल में मास्टर थे। फ़ज़ल दीन तवारीख़ पढ़ाते और करम सिंह हिसाब कराते थे। हैडमास्टर तो कोई ऐंगलो इंडियन था। नाम से मद्रासी लगता था स्टीफ़न मेनन। सन्तोश मेनन से स्टीफ़न मेनन हो गया था। लेकिन फ़ज़ल दीन नाईब मास्टर होते हुए भी, हैडमास्टर का दबदबा रखते थे। मेनन अग्रचा साईंस का टीचर था, लेकिन उसका लाहौर आना जाना

इतना ज़्यादा रहता था कि उसकी जमातें भी मास्टर फ़ज़ल दीन ही ले लिया करते थे।

''ओये तू क्यों पंगा लेता है उसके लिए मुफ़त में... आधा साल तो लहौर में काटता है।'' मास्टर करम सिंह ने गिला किया।

''उसकी स्याह फ़ाम मेम जो वहाँ रहती है करमे। पक्का मकान मिला हुआ है, गोर्मेंट से। वो भी पढ़ाती है ना।''

''क्या?''

''बाईबल! भई मिश्नरी स्कूलों में बाईबल की भी तो जमात लगती है ना सुबह।''

''ओये तू जाये वड़े अपने मेम के पास। आधी तनख़्वाह दे जाये तुझे।''

फ़ज़लू मास्टर को चौधरियों की तरह हुक़्क़ा गुड़गुड़ाने की आदत थी। एक दो कश लेने के बाद मुस्कुराया।

''करमू... तू नहीं समझता! सरदार है ना। देर से समझेगा।''

''अच्छा तू समझा दे!''

''देख—एक तो ये कि उसकी किताबें पढ़ के साईंस के अच्छे ख़ासे कुछ फ़ार्मोले समझ में आने लगे हैं। रास बेहारी बोस का नाम सुना है?''

''हाँ हाँ, वही बंगाली बाग़ी। अंग्रेज़ों पर बम फेंका था जिसने।''

''वो बम क्या जापान से लाया था?''

''न—न—वो ख़ुद बनाता है, सुना है वो और दूसरा वो... अलाहबाद वाला... चन्द्र शेखर आज़ाद!''

''तो?... हमारे बच्चे अगर साईंस पढ़ेंगे नहीं, तो आज़ादी कैसे लायेंगे। आज़ाद और भगत सिंह यहीं से तो निकलने वाले हैं। मेनन जाये भाड़ में, असल मक़्सद तो इन बच्चों को तैयार करना है...!''

बात करते-करते फ़ज़ल दीन की आवाज़ बिलकुल सर्गोशी बन गयी थी। और खिलते-खिलते करम सिंह की बाछें पूरी खिल गईं।

पगड़ी में उँगली डाल-डाल के कान खोल लिये थे उसने! ज़ोर से मास्टर फ़ज़ल दीन के हाथ पे हाथ मारा उसने और बाआवाज़ बुलन्द बोला।

''मेरा यार फ़ज़लू... ज़िन्दा बाद!''

इतने ज़ोर से बोला करमू कि फ़ज़लू की बेगम दौड़ी अन्दर आ गईं। छोटे दोनों बेटों ने दरवाज़े के पीछे से झाँक के देखा। फ़ज़लू ने बात सँभाली।

''कुछ नहीं। करमू यार मेरा जोश में आ जाता है कभी कभी! एक गिलास शर्बत का और ला कर दे इसे।''

बेगम के जाते ही, फ़ज़लू ने फिर समझाया।

''ये बातें ढाँप के रखी जाती हैं। ज़ोर से नहीं बोलते। ख़ुद अपना ख़्याल सुनाई नहीं देना चाहिये।''

‘‘फ़ज़ल दीन... मुझे जानता है तू।’’ अब उसकी आवाज़ भी सर्गोशी में बदल गयी थी। ‘‘तेरी बात मैं ताला मार के रखता हूँ। मुश्क भी नहीं निकल सकती।’’

फिर फ़ज़लू के कान के पास आकर पूछा, ‘‘ओये, तू बम बना सकता है?’’

ये बातें बहुत पुरानी नहीं थीं, जब आज़ादी के लिए लड़ रहे थे। लेकिन सन् 46 आते-आते इन पर गर्द पड़ चुकी थी। कोई न सोचता था। पता नहीं वो दिन क्यों याद नहीं रहे लोगों को...

पूरा योरप सुलग रहा था। दूसरी जंगे आलम का धुआँ जगह जगह चिंगारियाँ उड़ा रहा था। दुनिया का कोई हिस्सा उसके असर से बचा नहीं था और हिन्दुस्तान अपनी आज़ादी के लिए फड़फड़ा रहा था... कई तरह की तहरीकें रफ़्तार पकड़ रही थीं... और मास्टर फ़ज़ल को 'हैंरी दी फ़स्ट' (Henry I) और 'हैंरी दी सैकेंड' (Henry II) का इतिहास पढ़ाना बिलकुल बेमानी लग रहा था। ये वक़्त नहीं था कि बच्चों को 'Robinson Crusoe' की कहानियाँ सुना कर बहलाया जाये। वो हर बार तवारीख़ पढ़ाते हुए बहक जाते थे और आलमगीर जंग का पस-मन्ज़र समझाने लगते थे। जंग की चिंगारियाँ और आज़ादी का ईंधन दोनों सुलग रहे थे उनके वजूद में!

''ये सियासत नहीं। ये सीधी-सीधी बात है के हिन्दुस्तानी फ़ौजी अगर...'' वो रुके... अंग्रेज़ कहते-कहते बोले।

''इत्हादियों के लिए लड़ने जाती हैं, तो वो... बर्तानिया के ग़ुलामों की फ़ौजें होंगी—और अगर वो आज़ाद हैं तो, एक दोस्त की मदद के लिए लड़ रही होंगी। लेकिन ये फ़ैसला करना होगा कि उन इत्हादियों में कौन दोस्त है और कौन दुश्मन! सुभाष बाबू...'' और वो कहते-कहते कई बार रुके। अंग्रेज़ों के हिसाब से वो बर्तानिया के दुश्मन थे। क्योंके वो

हिटलर से मिलने गये थे। और मास्टर फ़ज़ल के हिसाब से, वो अपनी आज़ादी के एक हीरो थे।

किसी दिन कह गये क्लास में। ''सुभाष बाबू ने कहा, तुम मुझे ख़ून दो। मैं तुम्हें आज़ादी दूँगा।''

बच्चों ने जोश में आकर नारा लगाया। "सुभाष बोस... ज़िन्दा बाद!"... ये नारा बच्चे उन दिनों आम सुना करते थे। हैडमास्टर स्टीफ़न मेनन ने उन्हें दफ़्तर में बुला लिया। मास्टर फ़ज़ल को!

कुछ ही दिनों बाद मास्टर फ़ज़ल के घर पे छापा पड़ा। और ख़बर उड़ी कि बम तो नहीं, लेकिन बम बनाने के बहुत-से औज़ार और सामान मिले हैं।

एक पुलिस केस बना। और ज़िले के एक अंग्रेज़ अफ़सर ने स्कूल के तालबेइल्मों के लिए मिसाल क़ायेम करने के लिए उन्हें स्कूल के मैदान में, एक 'ईज़ल' पर बाँध कर कोड़े लगवाये।

वो मन्ज़र क़ाबिले दीद था...

बीच मैदान में, मास्टर फ़ज़ल को एक ईज़ल पर लटका दिया गया था। पूरा स्कूल साथ तालबेइल्मों और मास्टर के, एक बड़ा दायेरा बनाये उनके गिर्द खड़ा था। अंग्रेज़ अफ़सर उनके गिर्द घोड़े पर सवार चक्कर लगा रहा था। थोड़े-थोड़े फ़ासले पर सिपाही बन्दूक़ें लिये खड़े थे। और अफ़सर के हर इशारे पर कोड़े वाला उनकी नंगी पीठ पर कोड़ा चमकाता था। ''मारते रहो, सूरज ग़ुरूब होने तक!'' गोरे का ऑर्डर

था!... काफ़ी चक्करों के बाद अंग्रेज़ अफ़सर घोड़ा दौड़ाता हुआ मैदान से निकल गया। लेकिन उसके ऑर्डर के मुताबिक़ पुलिस की मौजूदगी में कोड़े बरसते रहे। वही वक़्त था जब मास्टर करम सिंह चीख़ कर उस हुजूम से बाहर निकला और मास्टर फ़ज़ल को पीठ पर कोड़े खाने के लिए लिपट गया।

अचानक हुजूम में जान आ गयी। सब लपके। पुलिस वालों ने कुछ हवाई फ़ायर भी किये। और उस ग़दर में मास्टर करम सिंह ने फ़ज़ल मास्टर को ईज़ल से उतारा और अपनी पीठ पर उठा कर वहाँ से भाग गया। भाग कर अपने पिछवाड़े की एक गली 'चूने वाली गली' में एक घर पे दस्तक दी। उनके एक तालबेइल्म का घर था, उसमें ले जाकर छुपा दिया। बहुत दिन तक पुलिस फ़ज़लू के घर पर चक्कर लगाती रही, करम सिंह थाने में हाज़िरी भरते रहे।

सबूत तो साबित न हुए लेकिन मास्टर फ़ज़ल स्कूल से निकाल दिये गये। लेकिन उनका पुलिस में हाज़िरी देना, ज़िन्दगी का एक दस्तूर हो गया। कहीं भी, किसी वक़्त भी बुलाये जाते। कभी इंस्पेक्टर शर्मा का हुक्म आ जाता। कभी वर्मा का। दोनों अंग्रेज़ों के पिट्ठू थे। वारदात कहीं भी होती, उसका कोई न कोई सिरा उनसे जोड़ने की कोशिश की जाती।

दो बेटे थे मास्टर फ़ज़ल के। वो उसी स्कूल में पढ़ते रहे। मास्टर करम सिंह ने उनकी फ़ीस का ज़िम्मा लेने के अलावा, कुछ-

कुछ टियुशन लगवा दीं। जो मास्टर फ़ज़ल के घर आके पढ़ते। करम सिंह से दोस्ती में और भी पेचे पक्के हो गये। और ऐसे बेतकल्लुफ़ थे कि किसी ने भी कोई अहसानमन्दी न दिखाई कभी, न कभी ज़िक्र हुआ!

सिर्फ़ इतना हुआ एक बार, कि पाकिस्तान की आवाज़ उठी जब दोनों में बहस शुरू हो गयी।

मास्टर फ़ज़ल इल्म और तवारीख़ से बात कर रहे थे। और करम सिंह अख़बारों से। वो जितना देखते थे, सुनते थे, बस उतना ही जानते थे।

''ओये गल सुन फ़ज़लू—मुल्क कोई बस्ते की तख़्ती है, जिन्नाह तोड़ देगा? कोई सिलेट है के अद्धी तू ले ले अद्धी मैं ले लेता हूँ। मुल्क भी कभी टूटते हैं? ओये हिन्दुस्तान तो एक मुल्क है नां? एक ही ज़मीन है, उसे कैसे तोड़ेगा?'' करम सिंह बड़ा जज़बाती आदमी था।

मास्टर फ़ज़ल ने कुछ ऐसे सवाल पूछ लिये कि करम सिंह बौखला गया।

''अच्छा बता करमे। दीनदयाल की ज़मीन थी नां। पता नहीं कितने ऐकड़! बट गयी नां?... हो गये नां तीन टुकड़े! दो बेटों के और उसका अपना!''

''पर वो तो परीवार बटा नां फ़ज़ल दीन। ज़मीन थोड़ा ही टूट गयी?''

''ये भी वैसा ही है करमे। जिन्नाह मुल्क बाँटने की बात कर रहा है। तोड़ने की नहीं।''

कुछ बौखलाये से करम सिंह बोले, ''पर क्यों यार? मैंने तो कुछ किया भी नहीं। और न तूने कुछ किया है। फिर खेत क्यों बाँटने हैं?''

धीरे-धीरे पाकिस्तान का वजूद नक़्शे पर उघड़ने लगा। नज़र आने लगा कि पाकिस्तान तो बन के रहेगा। करम सिंह ने बड़ी मासूमियत से पूछ लिया था एक बार...

''फ़ज़लू एक बात बता, पाकिस्तान अगर बन गया तो क्या तू मुझे छोड़ कर पाकिस्तान चला जायेगा?...'' उस मासूम को नहीं मालूम था कि पाकिस्तान वहीं बनने वाला है जहाँ वो रह रहा है। और जब फ़ज़ल मास्टर ने उसे समझाया कि कौन-कौन से इलाक़े पाकिस्तान में आ जायेंगे तो उसने मुस्कुरा के कहा। ''तो फिर क्या फ़िक्र है। पहले अंग्रेज़ थे। अब मेरा यार हुकूमत करेगा मुझ पर!''

लेकिन उस रोज़ जब किसी ने उड़ा दी कि हिन्दुस्तान से मुस्लमान यहाँ आयेंगे तो हिन्दुओं और सिखों को मकान ख़ाली करने पड़ेंगे, तो करम सिंह बौखला गये थे। और इस नये मसले को समझने के लिए भी फ़ज़लू के पास आ पहुँचे। उल्टा फ़ज़लू मास्टर ने करम सिंह से पूछ लिया कि, ''हिन्दुस्तान से मुस्लमान आयेंगे क्यों?'' करम सिंह बोले। ''ये तो मैंने पूछा ही नहीं, उस नामाक़ूल से!''

‘‘करमे बात वही दीनदयाल के खेत की है। कोई अपनी ज़मीन उठा कर कहीं और नहीं जाने वाला। ज़मीन वहीं रहेगी। खेत वहीं रहेंगे। सिर्फ़ उसे जोतने वाले दो होंगे। कटाई वाले दो होंगे। बटवारे इसलिये होते हैं कि कोई एक, दूसरे का हक़ मार लेता है। अब नहीं मार सकेगा... !’’

‘‘ले—तो फिर क्या मुश्किल है? क्यों लोग चिल्ला रहे हैं कि मुल्क तक़सीम हो गया। बट गया देश ! तू बता, तुझे चाहिये के नहीं पाकिस्तान? तेरा भला होता है तो मैं लड़ूँगा नां तेरे हक़ के लिए। मेरे यार को पाकिस्तान चाहिये। तो पाकिस्तान ज़िन्दा बाद ! क्यों?... बता, चाहिये तुझे पाकिस्तान?’’

मास्टर फ़ज़ल दीन की आँख झुक गयी। और वो करम सिंह को जवाब नहीं दे पाये। टाल गये। वो कह नहीं पाये। ‘‘ये जो शर्मा और वर्मा, उसकी जान को लगे हैं, वो उसे सल्ला कह के बुलाते हैं। बेइज़्ज़त करते हैं। इस लिए सल्लों को पाकिस्तान चाहिये !’’

मास्टर फ़ज़ल भी कभी-कभी बड़ी कमाल की बात समझाते थे। मास्टर करम सिंह कहता, ‘‘बहुत बड़ी आँख है उसकी, अस्मान है वो, पूरा अस्मान है। सब देखता है।’’

कुछ लोग बैठे थे छत पर। अख़बारों में हाथ लिपटे हुए थे। और फ़ज़ल दीन कह रहे थे।

"तवारीख़ लम्बे-लम्बे डग भर रही थी इस वक़्त। मैं अपने वक़्तों की बात कर रहा हूँ, बीसवीं सदी! दूसरी जंगे अज़ीम ख़त्म हुई—और जरमनी को तोड़ कर दो हिस्सों में बाँट दिया गया... ईस्ट जरमनी—वैस्ट जरमनी!

मुल्क तो बटा, लोग भी बट गये। वो एक लोग थे। अब दो लोग हो गये।

ये एक काम करने के लिए छ: करोड़ तीस लाख लोगों की जान गयी।"

वो कैम्बलपुर में जहाँ बैठ जाते, लोग उनकी बात बड़े ध्यान से सुनते थे। हालांके सब बातें, सबकी समझ में न आती थीं। मगर उनकी बातों पर लोग यक़ीन रखते थे।

"तवारीख़ एक और बड़ा क़दम उठा रही है। अब हमारी ज़मीन पर कुछ लोग एक और बटवारा करने की सोच रहे हैं। हिन्दुस्तान को काट के एक और मुल्क बनेगा—पाकिस्तान! फिर कुछ लाखों करोड़ों की जान पर बनेगी।"

ख़ामोशी की एक और छाप पड़ी... किसी ने सर्गोशी की—"लाखों?...करोड़ों?"

नबी ने हुक़्के का एक लम्बा कश गुड़गुड़ाया और मास्टर फ़ज़ल की तरफ़ बढ़ा दी। वो बड़े ग़ौर से सुन रहा था। मास्टर फ़ज़ल ने उससे भी लम्बा कश लिया। लोग अगले ज़ुमले के लिए मुन्तज़िर थे।

"मग़रूर तवारीख़ ऐसे ही सर उठाये चलती है, नीचे नहीं देखती पाँव में क्या कुचल रही है... देखती नहीं...! नीचे लोग

हैं! आम लोग! जिनका ख़ून बहता है।'' ये रहमू ने नहीं सुना था। न समझ आया।।

फ़ज़ल बोले,

''पहाड़ को काट के दो करना आसान है भाई!

लोगों को काट के, एक से दो करना बहुत मुश्किल काम है!''

एक गहरी आह गुज़र गयी लोगों के दर्मियान से। फ़ज़ल मास्टर बोले, ''तवारीख़ ऐसे ही डग भरती चलती रहेगी। कुछ लोगों के नाम उसके पैरहन से चिपक जायेंगे। वो दर्ज कर लेगी। पहले हिटलर था, मसूलीनी था, चर्चल था, जौज़फ़ स्टॉलन और कुछ और... इस बार शायद महात्मा गाँधी, जवाहर लाल नेहरू, मोहम्मद अली जिन्नाह, सुभाष बोस! मगर उन लाखों करोड़ों के नाम कहीं नहीं होंगे जो मरेंगे। वो तो सिर्फ़ गिन्ती के हिन्दसों में समेट दिये जायेंगे...! जिनमें हम सब शामिल हैं!!''

इस बार फ़ज़ल दीन ने एक लम्बी-सी साँस ली और कहा।

''ये मग़रूर तवारीख़ ऐसे ही सर उठा कर चलती है। नीचे नहीं देखती कि पाँव में क्या कुचल रही है...!! नहीं देखती कि नीचे लोग है!! हम लोग!

फ़ौजी के दांतों में गोश्त की छिलत्र फँस गयी थी। और वो माचिस की तीलियों से उसे कुरेद रहा था। ढेर सारी तीलियाँ टूट गईं। और मसूड़े से ख़ून नज़र आने लगा।

लखबीरे ने कहा : ''बस भी कर, आप निकल जायेगा। मास ही है नां। बाहर नहीं आयेगा तो अन्दर चला जायेगा।''

पर्तपाल आ के साथ बैठ गया था उस रात—बोला, ''तिवारी की बहू जैसा है। न रखी जा रही है, न फेंकी जा रही है।'' वो उस दिन भी बैठा हुआ था जिस दिन किसी ने पहली बार, तिवारी की बहू की ख़बर दी थी।

फ़ौजी ने तीर की तरह खीची नज़र से देखा। जिसमें लिखा था। ''तू क्यों उसकी बहू पे अटका हुआ है?'' पर्तपाल ने नज़र हटा ली!... और गिलास में जितनी पड़ी थी, गड़ाप से पी गया। और उठके बाहर चला गया।

अचानक ही कानी खिड़की के बाहर कुछ ऊँची-ऊँची आवाज़ें सुनाई दीं। लखबीरे ने गाली देकर कहा: ''वही भेन का पैंती-छत्ती आया है... फिर कोई जलती ख़बर लाया होगा।''

वही हुआ... पैंती-छत्ती ने बाहर से आ के ख़बर दी थी।

‘‘मीरपुर में, कृष्ण मन्दिर के अन्दर गाय का सर फेंक दिया मुसलमानों ने! शहर में बल्लवे शुरू हो गये। हिन्दू घर छोड़-छोड़ के भाग रहे हैं!’’

‘‘भाग के कहाँ जा रहे हैं?’’ किसी ने पूछा।

‘‘हिन्दुस्तान की तरफ़ भाग रहे हैं।’’

‘‘तो हम कहाँ हैं?... हम भी तो हिन्दुस्तान ही में हैं। पाकिस्तान बना कहाँ अभी?’’

‘‘बन के तो रहेगा, लगता है!’’

‘‘क्या पता किस तरफ़ बनता है। इस तरफ़ कि उस तरफ़! मुसलमान कहाँ नहीं हैं?’’

पाकिस्तान ज़हनों में बनना शुरू हो चुका था। बस ऐलान का इन्तज़ार था। लगता था ये तक़सीम अब वापस नहीं ली जा सकती। लीडरान चाहें भी तो अब ये मुमकिन नहीं होगा। जिसने कोशिश की, वो मारा जायेगा।

जिन्हें तक़सीम न होने की उम्मीद थी वो कहते थे : ''बापू नहीं होने देगा। पाकिस्तान या तो बापू की लाश पर बनेगा, या बन गया तो बापू की लाश गिरेगी।''... जिन्हें डर था कि घर छोड़ने पड़ेंगे, वो तक़सीम नहीं चाहते थे, जिन्हें मालूम था कि वो वहीं रहेंगे, जहाँ हैं, वो तैयार बैठे थे।

अंग्रेज़ों के बोये हुए काँटे, ज़मीन से ऊपर आ गये थे। और तलवों में चुभने लगे थे। बड़े पुख़्ता तरीक़े थे उनके। फ़ज़ल चाचा के पीछे अगर शर्मा और वर्मा थे तो, राय बहादुर के पीछे रहीम और करीम लगा दिये गये थे। राय बहादुर देसराज के ख़िलाफ़ एक मामला दर्ज था कि एक कोठे वाली पन्ना बाई के साथ उनके बड़े बाक़ायेदा तालुक़ात थे। उन्होंने एक अंग्रेज़ अफ़सर 'गैरी टॉमसन' से मिल कर उसमान पठान का ख़ून करवा दिया था, जो पन्ना बाई को अपनी रखैल कहता था। और उसकी आमदन का हक़दार बनता था...

एक रोज़ गैरी और उसमान में शराब पीकर झगड़ा हुआ, और गैरी ने उसे गोली मार दी। जिस रीवॉलवर से उसका

ख़ून किया था, वो राय बहादुर का निकला। गैरी की इन्कॉयेरी तो उसके साथ इंग्लैंड चली गयी लेकिन राय बहादुर उस केस में फँसे रहे। और उन्हें हाज़िरी देनी पड़ती थी इन्स्पेकटर रहीमउल्लाह के यहाँ या सब-इन्स्पेकटर करीमउल्लाह के पास! राय बहादुर सुनहरी कल्ले पर पठानी पगड़ी पहनते थे। रेशमी क़मीज़ और लठे की कल्फ़ लगी शलवार! आनबान से पूरे नवाब लगते थे। और ये बात इन्स्पेक्टर रहीम को पसन्द न आती थी। वो थाने में आते ही सब से पहले उनका कल्ला उतरवा कर मेज़ पर रखवा लिया करता था। और मज़ाक़ करता था।

"टोपी पहना कर, लाला टोपी! पगड़ी पठानों का पहनावा है, लालाओं का नहीं!"

राय बहादुर का बस चलता तो उन दोनों को गोली मार देते। रहीम को भी करीम को भी! लेकिन जिनके बूते पर वो ऐसा कर सकते थे वो तो हिन्दुस्तान छोड़ कर वापस जा रहे थे। और अब अगर पाकिस्तान बन गया तो उनके जानशीन उन्हें गोली मार देंगे। जिस दिन भी थाने होकर आते, ग़म ग़लत करने के लिए पन्ना के कोठे पर चले जाते। एक तरह से वो उनकी एहसानमन्द भी थी। उनकी वजह से उसकी सारी जवानी की कमाई बच गयी... वरना उसमान पठान भला कुछ रहने देता उसके पास!

मेरासियों की लड़की थी वो। अमृतसर से भगा के लाया था। कलमा पढ़वाया और एक ऐवईं ही-सा निकाह भी कर

लिया था। जो बिलकुल ग़ैर शरई था। उसमान ने एक शादी में गाते बजाते देख लिया था, और ऐसे डोरे डाले कि वो साथ ही चली आयी। शराबी कबाबी आदमी था। घर बनते-बनते कोठा हो गया। उसमान का एक घर और भी था। पेशावर में। जहाँ उसकी मनकूहा बीवी और छोटे दो बेटे रहते थे। एक बार बीवी को दिखाने ले गया था उसे। और ऐसे जूते पड़े थे ससुर से कि वापिस भाग आया। आमदन के लिए ससुराल का वसीला बन्द हो गया और पन्ना का शुरू हो गया।

राय बहादुर, करीमउल्लाह के सामने बैठे थे। और कल्ला बायें तरफ़ था। करीमउल्लाह ने पूछ लिया।

''लाला जी... अंग्रेज़ जब जा ही रह हैं, तो ये राय बहादुर का ख़िताब भी उन्हें वापिस कर देते तो अच्छा नहीं था? इज़्ज़त रह जाती। वरना इसकी क्या वैलयु होगी उनके जाने के बाद!''

''जा तो लेने दो। अपने आप उतार के फेंक देंगे। राय बहादुर हैं इस लिये आप लोग अब कुर्सी पर बिठा देते हो। वरना तो खड़ा ही रखते।''

करीमउल्लाह हँस पड़ा... बोला, ''और कितने दिन लालाजी! ये केस भी अपने आप ही उतर जाना है। फिर न आप होंगे न हम कुछ पूछेंगे?''

''वो क्यों भई?'' राय बहादुर ने तश्वीश से पूछा।

''हम कहाँ होंगे और तुम क्यों नहीं पूछोगे?''

''पाकिस्तान बन गया तो आप फिर यहाँ थोड़ा ही रहोगे। अपने मुल्क चले जाओगे?''

हिन्दुस्तान नहीं कहा उसने। छोटे से वक़्फ़े के बाद ही राय बहादुर ने पूछा।

''पाकिस्तान बन गया तो क्या तुम लोग हमें निकाल दोगे यहाँ से?''

उसी वक़्त रहीमउल्लाह दाख़िल हुआ कमरे में। जवाब उसने दिया।

''हम क्यों निकालेंगे आपको लालाजी! आप हमारे शहरी हो, पड़ोसी हो। लेकिन जिस तरह दंगे हो रहे हैं आपके मुल्क में, क्या यहाँ के लोग बहुत देर तक चुप रहेंगे? उनके सर फिर गये तो हम कहाँ तक हिफ़ाज़त करेंगे आपकी?''

देसराज देखते रह गये उसकी तरफ़!

करीम उठ गया... रहीम बैठ गया उसी कुर्सी पर!

पाकिस्तान नक़्शे पर बनने से पहले लोगों के दिमाग़ों में बन रहा था। सिर्फ़ मुस्लमानों में नहीं, हिन्दुओं के दिमाग़ों में एक हिस्सा लोगों का कट गया था। जैसे सदियों पहले से अछूतों को अलग कर रखा था। इस बार सिर्फ़ कुएँ और मन्दिर ही नहीं—ज़मीन का टुकड़ा ही अलग कर दिया... लेकिन ये बटवारा ज़मीन का नहीं था, ज़हनों का था... !

सन् 46 ख़त्म होते-होते बटवारे की हदें भी नज़र आने लगीं। सन् 47 दूर नहीं था, लेकिन आज़ादी अभी बहुत दूर नज़र आ रही थी। जैसे-जैसे आज़ादी की तारीख़ पास आ रही थी। आज़ादी और दूर होती लग रही थी।

उस शाम जब राय बहादुर पन्ना के यहाँ पहुँचे तो वो घर पे नहीं थी। लोग यहाँ अब वैसे भी कम ही आते थे। एक बाँदी थी। शमीमा। वही देख-रेख करती थी। राय बहादुर जब जाते थे अपना चाँदी का अद्धा जेब में रख लेते थे। शमीमा उसी में गिलास बना दिया करती थी।

"कहाँ गयी है?" राय बहादुर ने पूछा।

"बता के नहीं गयी..." चाँदी का अद्धा लेकर वो अन्दर चली गयी। राय बहादुर फ़र्शी दीवान पर ही अद्ध लेट गये।

"ऐसा तो कभी नहीं हुआ। इस वक़्त तो कभी नहीं जाती कहीं।"

शमीमा तश्तरी में गिलास बना कर ले आयी थी। ज़रा हट के एक दरवाज़े से टेक लगा कर बैठ गयी।

"शहर तो सूखने लगा है राय साहब। जी करता है अब मैं भी गाँव लौट जाऊँ। बस इस लड़की के लिए बैठी हूँ। अकेली पड़ जायेगी।"

राय बहादुर ने गाव-तकिये पर करवट ली। "कहाँ जाओगी?"

"पेशावर ही जाऊँगी। वहीं से लाया था उसमान मुझे।"

देसराज एक आह भर के बोले, ''जिसे देखो चलने की बात करता है। लगता है कोई ज़लज़ला है जो ज़मीन के ऊपर ऊपर चल रहा है। ज़मीन पर पैर पड़े तो फट जायेगी।''

इतने में जमील मियाँ आ गये। खड़े-खड़े ही बोले, ''अरे भई कहाँ है पन्ना? आजकल बैठती नहीं दीवानख़ाने में?''

शमीमा ने वहीं बैठे-बैठे मुंडी हिला दी। उठी भी नहीं। कहने लगे।

''भई एक दोस्त आये हैं हमारे ब्रेटेन से। सोचा उनकी ख़ातिर करवा दें। उन्हें ले आयें। या इन्हें ले चलें... ख़ैर! कहाँ गयी हैं?''

''पता नहीं!'' शमीमा ने कहा।

''अच्छा! उठो एक पान तो खिलाओ।''

शमीमा अबके न नहीं कह पायी। पुराने आने-जाने वाले थे। पान बनाने अन्दर चली गयी। जमील ने मुड़ कर पूछा।

''अच्छा राय बहादुर, ये बताईये लहूर इधर रहेगा के उधर चला जायेगा?''

''जायेगा कहाँ? जहाँ है वहीं रहेगा।''

जमील हँस पड़े ज़ोर से! ''बहुत ख़ूब!!'' शमीमा लौट आयी। जमील साहब ने तश्तरी में कुछ रेज़गारी उन्डेली और पान लेकर उसी तरह खड़े-खड़े चले गये।

राय बहादुर ने एक और लम्बी साँस खींची।

''अब तो लकीरें खिंचने लग गईं...!''

उस शाम पन्ना, फ़ौजी से मिलने गयी थी। ट्रकों वाले अड्डे पर। रहता वहीं था, लेकिन बहुत कम मिलता था वहाँ... !

उजागर सिंह, जिसके ट्रक चलाया करता था, पुरानी दिल्ली का रहने वाला था। लेकिन कारोबार के सिलसिले में कैम्बलपुर भी आ कर रह जाता था। फ़ौजी था उजागर सिंह का मुलाज़िम, लेकिन हिस्सेदार भी था इसलिये ट्रक वालों में बड़ा दबदबा रहता था उसका। किसी ज़माने में उसमान ख़ान के साथ दोस्ती थी। उसमान के लिए स्कॉच व्हिसकी पहुँचाया करता था कंटोमेंट से लाकर, जहाँ उसे कम दामों पे मिल जाती थी। उसी सिलसिले में फ़ौजी का उसमान के घर आना-जाना होता था। लेकिन कोठे पर बैठने कभी नहीं गया। तभी से पन्ना से जान पहचान थी। और हमेशा उसे उसमान की औरत का दर्जा दिया था। फ़ौजी था बड़े वक़ार वाला बन्दा। कम बोलता था, मगर बोल का पक्का था।

पन्ना आयी थी अपनी बची-खुची पूँजी और गहने-ज़ेवर बग़ल में बाँध के। फ़ौजी मिल गया अड्डे वाले मकान पर। छत पे बैठा मालिश करवा रहा था। उसके आते ही मालिश्ये को भेज दिया उसने और तहमद पे खेस ओढ़ के बैठ गया सामने... पन्ना ने जब पूँजी की पोटली खोली उसके सामने तो, बुदक के हट गया।

"ये क्या कर रही है? ये क्यों लेकर आयी। मेरे पास?"

‘‘मुझे मेरे माईके पहुँचा दे।’’

‘‘मतलब... ?’’

‘‘जिस मिट्टी से निकली थी, उसी में जाकर रुल जाऊँ तो अच्छा है। यहाँ तो न घर बना, न वतन !... मेरे पास जो बचा है वो उठा के ले आयी हूँ। मुझे वहीं पहुँचा दे जहाँ से उसमान उखाड़ के लाया था... मेरी जड़ें उधड़ी-उधड़ी लटक रही हैं मेरे साथ !’’

‘‘पागल हो गयी है पन्ना। ये भी कोई वक़्त है जाने का। सुनती नहीं क्या हाहाकार मच रहा है मुल्क में ?... वो उजागर सिंह है ना, मालिक मेरा, और साँझीदार। उधर रहता है, दिल्ली में। वहीं अटका हुआ है। कोई चिट्ठी-पत्र भी नहीं। और चिट्ठी-पत्र आये कहाँ से। डाक़ख़ाने ही बन्द पड़े हैं। ट्रेनें भी टूटी पड़ी हैं। सुन रहे हैं कोई आधे रास्ते से मुड़ जाती हैं। कोई आधा रास्ता छोड़ के वापस आ जाती है।’’

‘‘वही सुन के तो तेरे पास आयी हूँ। तू तो आता-जाता रहता है अमृतसर तक !’’

‘‘मैं तो आगे लुध्याने, जालंधर तक चला जाता हूँ। पर कोई सबील निकले तब नां।’’

एक चुप आके खड़ी हो गयी दोनों के बीच... ! फिर आहिस्ता से फ़ौजी ने पोटली बाँधी और वापस करते हुए उसके हाथ पे हाथ रखा।

''फ़िक्र न कर। मैं गया तो ज़रूर ले जाऊँगा तुझे। भावें आलू की बोरियों में ले जाना पड़े। ये पैसे रखले। इधर नहीं तो उधर काम आ जायेंगे।''

खड़ा हुआ तो तहमद खुल गयी। ''ओ तेरी... भेन दी...'' मुश्किल से पकड़ी तहमद उसने!!

पन्ना आँख-मुँह ढाँप के निकल गयी।

कुल्हाड़ी बीचों-बीच आके पड़ी और लकड़ी के दो टुकड़े हो गये।

मास्टर करम सिंह अपने आंगन में खड़े लकड़ियाँ चीर रहे थे। पगड़ी ढलक के गले में आ गयी थी। बहू ने रसोई से निकल के एक बार कहा भी।

''भापाजी, क्यों इतनी लकड़ी चीर रहे हैं। पहले की भी पड़ी हैं।''

''कोई नहीं। तो क्या है। काम आ जायेंगी।''

थोड़ी देर में थक गये तो कुल्हाड़ी दीवार के सहारे खड़ी कर दी। गले से लटकी पगड़ी खोली। और फिर बाँधने लगे। जब से स्कूल बन्द हुए थे। वक़्त काटना मुश्किल हो गया था। और सुबह से गया हुआ अवतार, अभी तक लौटा नहीं था। अवतार बड़ा लड़का था उनका, और चार गाँव परे समधियों से मिलने गया था। डेरा! जहाँ उनकी बेटी निक्की ब्याही हुई थी। जाते हुए माँ को भी साथ ले गया था। दो-चार घंटे में लौट आने की बात थी। ज़्यादा से ज़्यादा दोपहर के खाने को रुक गये होंगे। मगर अब तो दिन ढलने लगा था। गोधूली का वक़्त आ रहा था।

अवतार की बीवी सत्या, मास्टर जी की त्यूरी देख कर ही समझ रही थी कि उनके मन में क्या चल रहा है। वो लकड़ी

चीर रहे थे। वक़्त काटने के लिए नहीं। मन की बेचैनी तोड़ने के लिए! बेचैन वो भी थी, लेकिन क्या करती? भैंस की तरफ़ इशारा करती हुई बोली, "भूरी भी बार-बार उधर ही देख रही है। रोज़ दोहने से पहले वो ही खल्ली खिलाते हैं नां?"

उनका भी कुछ ग़ुबार बाहर निकला।

"आ जायेगा भई भूरये। आता ही होगा अवतारा अभी!"

जवाब में भैंस ने डकारा तो बोले। "ले भई, ये तो नाम से बुलाने लग गयी उसे। तू तो नाम से नहीं बुलाती उसे। ये तो बुला लेती है।"

हल्की-सी हँसी गुज़री दोनों के बीच। लेकिन जी हल्का नहीं हुआ। वैसे दोनों ही एक दूसरे को हौसला देने की कोशिश कर रहे थे। करम सिंह बोले।

"देख भई अकेला होता साईकल पर तो आ जाता अब तक। वो दो मन की बोरी भी तो ले गया है कैरीयल पर!" इशारा अपनी बीवी की तरफ़ था।

बहू समझ गयी। "इतनी भारी तो नहीं हैं बीजी।"

"ओये तुझे क्या पता धयै! कितनी भारी है?... ला, लुटिया-बाल्टी दे, मैं भैंस दोह देता हूँ।" लेकिन बहू ने बाल्टी धोते हुए भी वही बात जारी रखी।

"भापाजी! आपने क्या उठाया है कभी? बीजी को?"

''और क्या? कन्धों पे चुक-चुक के भंगड़े डाले हैं जवानी में।''

बहू ने बाल्टी लाके दी। पानी से थन धोये भैंस के, और मास्टर करम सिंह थन खींच-खींच के दूध उतारने लगे। सत्तिया एक बार फिर गली झाँक आयी। गली दूर तक 'हाओ हाओ' कर रही थी। कुछ ख़ुद से, कुछ आंगन से बोली।

''मंटगमरी की तरफ़ से तो बहुत बुरी-बुरी ख़बरें आ रही हैं।''

''फ़सादों की नां? कुछ नहीं। अफ़वाहें ही अफ़वाहें हैं!''

दूध की पहली धार बाल्टी में घंटी की तरह बजी। मास्टर जी के माथे पर भी एक बल तो आया।

''मैंने कहा भी था तेरी सास से। अकेला जाने दे अवतारा को। बहन के कुनबे की ख़बर लेकर आ जायेगा। लेकिन वो मानती कब है?''

उनका ग़ुस्सा अपनी बीवी पर पिल्ल रहा था।

''मैं जा रहा था उस दिन मुझे तो जाने नहीं दिया।''

अब सत्या ने ढारस दी। ''आ जायेंगे भापाजी। फ़िक्र क्यों करते हो?''

उसी वक़्त किसी गड्डे की आवाज़ आयी गली से। शायद फज्जू की बैलगाड़ी थी। और फ़ौरन ही दरवाज़े के सामने आ खड़ी हुई। सत्या का चेहरा तमतमाया तो पता चला पहले कितना सफ़ेद हो रहा था। अवतार सिंह, बैलगाड़ी से

अपनी साईकल उतार रहा था। मास्टर जी, दूध दोह रहे थे। उठ न सके। वहीं से बोले।

''ओये इतनी देर कहाँ लगा दी?''

फज्जू वहीं से चिल्ला कर बोला।

''सलामअलेकुम मास्टर जी!''

''सलामअलेकुम भई फज्जू। आजा, दो धार मार ले। ओ गिलास दूध ही पी जा।''

''फ़ेर कदी मास्टर जी। ज़रा कू छेती आ... वीरजी की साईकल पंक्चर हो गयी थी रास्ते में... अच्छा हुआ, मिल गये। अच्छा जी... अल्लाह बेली...!''

गड्डा निकल गया तब पूछा मास्टर जी ने।

''ओ बेबे को कहाँ छोड़ आया? अकेला ही देख रहा हूँ।''

''वो रह गईं वहीं। दो एक दिन के लिए। निक्की की सास ने रोक लिया।''

अवतार सिंह नल के नीचे हाथ-पाँव धोने लग गया। सत्या ने तोलिया कपड़ा टाँग दिया। एक अजीब-सी ख़ामोशी तैरने लगी आंगन में। मास्टर जी भैंस को और चारा डाल कर, दूध रसोई में छोड़ आये तब पूछा।

''क्या ख़बर है वहाँ की। डेरे वालों की?''

अवतार ने भी फ़ौरन जवाब नहीं दिया। आंगन पार करने के बाद बोला।

''कोई बहुत अच्छी ख़बर नहीं है भापाजी।''

''क्यों?... कुछ हुआ है वहाँ?''

''हुआ तो नहीं पर...'' वो रुका और मास्टर जी, जैसे चिढ़ के बोले।

''ओये अफ़वाहें हैं सब। अफ़वाहें हैं। चमगादरों की तरह उड़ती फिर रही हैं।''

''अफ़वाहें हैं मेनन क्यों भाग गया स्कूल बन्द कर के?... रात की रात मिल्ट्री के ट्रक भर के निकल गये।''

''उस एंग्लो-इंडियन को तो ख़तरा होगा ही। न इंडिया का न इंग्लैंड का। अंग्रेज़ चले जायेंगे तो कहाँ रहेगा वो?... वो ही था जिसने मास्टर फ़ज़ल दीन को हंटर लगवाये थे स्कूल में। खाल उतरवा दी थी उसकी। मेरी पीठ पर अभी तक उसके लहू के निशान हैं!!... अब वो नहीं भागेगा तो और कौन भागेगा?''

अवतार चुप हो गया—थोड़ी देर मुँह ही मुँह कुछ बुड़बुड़ाने के बाद मास्टर जी ज़ोर से बुड़बुड़ाये।

''फ़ज़लू को भी नहीं मिला। कितने दिन हो गये। उसकी गली में अब लोग मश्कूक निगाहों से देखने लगे हैं मुझे।''

कैम्बलपुर उपलों पर रखी हांडी की तरह पक रहा था। आस-पास की तपिश से हांडी गुड़गुड़ करने लगी थी। चिप्नी उतरी तो धुआँ दिखने लगेगा। जब लोग कहते थे, कहीं आग लगी है। तो छत पर चढ़ के भी देखते थे। शायद किसी ख़बर की ताईद हो जाये। छत पर चढ़ जाओ तो आधा शहर तो दिख ही जाता था। छतों पर लगे रेडियो के एरीयल नज़र आ जाते थे। उमर शेख़ के घर रेडियो था। छत पर बाँस लगा कर उस पर एरीयल लगा रखा था। उसका घर मास्टर करम सिंह की गली के आख़िर में था। एक ज़माना था, घर के बाहर छिड़काव कर के हुक़्क़ा ले के बैठता था उमर शेख़। मास्टर जी को कभी-कभी रोक लेता था।

''मास्टर जी आपके स्कूल में तो अख़बार आता है। शाम तक पढ़ के फेंक देते होंगे। वही उठा लाया करो।''

मास्टर जी जवाब देते। ''आपके घर तो रेडियो भी है। रोज़ ख़बरें सुनते हो। आपको क्या ज़रूरत है बासी ख़बरें पढ़ने की।''

''अख़बार से तसदीक़ हो जाती है, जो बोल रहा है रेडियो पर, सच बोल रहा है कि नहीं... अपनी मर्ज़ी से कुछ भी बोल सकता है वो तो... !''

''ऐसे कैसे हो सकता है, गोर्मेंट का रेडियो है?''

"ओ दुर फटे मुँह गोर्मेंट के। अंग्रेज़ चले गये तो इनसे नहीं सँभलने वाला हिन्दुस्तान!"

छ बजे जब रेडियो खुलता था चार घंटे के लिए तो ऐसी ही ख़बरें आती थीं जिन पर यक़ीन करने को जी नहीं चाहता था। मास्टर जी कह जाते।

"ख़बरों के वक़्त बुला लेना हमको भी। हम भी सुनें गोर्मेंट क्या कहती है?"

मगर ऐसा कभी हुआ नहीं। न शेख़ ने बुलाया न मास्टर जी गये। और अब तो उमर शेख़ ने बाहर बैठना भी छोड़ दिया था।

बेटे और बहू से उल्टी-सीधी ख़बरें सुनते-सुनते, एक दिन करम सिंह ख़ुद पहुँच गये उमर शेख़ के यहाँ। ख़बरें सुनने! दस्तक दी तो शेख़ साहब ने ख़ुद ही दरवाज़ा खोला।

"आइये आइये सरदार जी।"

बड़ी इज़्ज़त के साथ बुला के बैठक में बिठाया। और पूछा। "क्या पेश करूँ?"

"शेख़ साहब हम तो आपका रेडियो सुनने आये हैं। ख़बरों का यही वक़्त होता है शायद।"

"रेडियो तो आज चल नहीं रहा सरदार साहब। कोई बल्ब उड़ गया है।"

''ओहो... मैं तो...'' उसी वक़्त अन्दर से कुछ बच्चों की आवाज़ आयी तो मास्टर जी उठ गये। ''मेहमान आये हैं कोई?''

ज़रा ताम्मुल से बोले शेख़ साहब। ''मीरां आयी है मेरठ से।''

''ओहो... बेटी आयी है। बड़े सालों बाद। मैं मिल लूँ? बाप से क्या पर्दा उसका...''

वो क़दम उठाने ही वाले थे कि शेख़ साहब ने रोक दिया।

''अभी मत मिलिये। तबियत ठीक नहीं उसकी।''

''क्या हुआ है?... हकीम साहब को बुलाया? मैं बुला लाऊँ?''

अचानक शेख़ साहब की आँखें भर आयीं। बोले।

''नहीं नहीं सरदार जी...''

''क्या हुआ शेख़ साहब?''

कन्धे पर हाथ रखते ही, शेख़ साहब की आँखें बह गईं।

''मीरां का ख़ाविंद... मेरठ के... दंगों में क़त्ल हो गया।''

मास्टर करम सिंह के पाँव काँप गये। लड़खड़ाते हुए बाहर निकले तो चार क़दम चल के गिर पड़े!!

उस रात मास्टर जी ने खाना नहीं खाया। सीधे छत पर जाकर लेट गये। सत्या बुलाने आयी तो करवट ले ली।

‘‘भूख नहीं बेटा ! !’’

थोड़ी देर में अवतारा आ गया। ‘‘क्या बात है भापाजी ?’’

‘‘सुन पुत्तर। कैसे आयेगी बेबे तेरी ?... कौन जायेगा लेने ?’’

‘‘जीजाजी ने कहा था, वो ख़ुद ही आके छोड़ जायेंगे। हो सकता है निक्की भी आ जाये। उम्मीद से है नां ! !’’

‘‘हाँ...अं !...’’ कह के मास्टर जी चुप हो गये।

जो सुनाई दे रहा था। वो दिखाई भी देने लगा। किसी ने लखबीरे के ठिकाने पर आग लगा दी या लग गयी, ''बालन'' जिसे जलना ही था, बेवजह जल गया। और कोई नुक़सान नहीं हुआ। न जानी... न माली। लेकिन पूरे शहर की साँस रुक गयी। सब दम साध के बैठे रहे। उस पर कोई अफ़वाह भी नहीं निकली कि साँस आये।

लखबीरा सिख था। छड़ा-छाँट था। और फक्कड़ था। माँ-बाप रावलपिंडी में थे। स्कूल में था जब सौतेली माँ से लड़ के भाग गया। घर एक ''चुँगी चौकी'' के पास था जहाँ बाहर जाने वाले ट्रकों की रात ही से लाईन लग जाती थी। लखबीरा बोरियों से भरे एक ट्रक में जाकर छुप गया। ट्रक यहीं कैम्बलपुर के एक ढाबे पर पहुँच कर रुका तो ड्राइवर ने देख लिया। उतारा तो पता चला कि पिंडी से आया है। ड्राइवर कोई ख़ान था। वहीं ढाबे वाले के पास छोड़ गया। और कह गया कि वापसी में उसे घर ले जायेगा। ढाबे पे कुछ दिन काम किया। लेकिन लखबीरा हुश्यार था। एक दिन उर्दू के अख़बार में अपनी तस्वीर देख ली। माँ-बाप ने छपवाई थी। 'गुमशुदा की तलाश' में! उसी दिन जा के उसने बाल कटवा दिये। और ख़ान के लौटने से पहले ही किसी ट्रक वाले के साथ दोस्ती

गाँठी और ''क्लीनर'' बन के वहाँ से निकल गया। ट्रकों में ड्राइवरों के साथ क्लीनरी करते आधा हिन्दुस्तान घूम लिया।

कुछ सालों बाद एक बार रावलपिंडी गया, तो घर चला गया। बाप मर चुका था। सौतेली माँ से और छोटे बहन-भाईयों से मिला। भाई स्कूलों में पढ़ के समझदार हो गये थे। माँ ख़ुद हट्टी पर बैठने लग गयी थी।

सबने घर पे रख तो लिया उसे, लेकिन उसकी आज़ाद मिज़ाजी ने अब घर के नियम में रहना मुश्किल कर दिया। फिर चल दिया। और फिर वहीं, पहले पड़ाव पर आ पहुँचा। कैम्बलपुर! अब बड़ा हो गया था। उसी ढाबे वाले ने रख लिया। मेहनत मशक़्क़त तो कर ही लेता था।

इतने सारे सालों में अब ख़ुद एक ढाबे का मालिक हो चुका था। ट्रक आते हैं, रुकते हैं, चले जाते हैं। शादी नहीं की। दो-एक औरत रखीं पर जमी नहीं... ढाबे के साथ लगा शराब का ठेका है। ठेके के साथ ही शराबख़ाने की कानी खिड़की के पास, फ़ौजी के साथ जम के बैठ जाता है!

अब जब उसके ठिकाने पर आग लगी तो उसने फ़ौजी से पूछा।

''फ़ौजी तू बता, ये आग लग गयी या लगाई किसी ने?''

फ़ौजी की आँखें बस एक टॉर्च की तरह जल के बन्द हो गईं। लेकिन लखबीरा पपोटों के नीचे हिलते हुए आँखों के ढेले देख रहा था। आँखें सोच रही थीं।

फ़ौजी के मन में एक और बात चल रही थी...

कुछ रोज़ पहले शहर के रईस राय बहादुर देसराज ने बुलवाया था उसे। इमारतों के बड़े ठेकेदार थे। अंग्रेज़ों से बड़ी बनती थी। घर का कुछ सामान दिल्ली भिजवाना चाहते थे। उजागर सिंह से उनका पुराना उठना-बैठना था। पहले भी एक बार दिल्ली से कुछ मँगवाया था। या भिजवाया था। फ़ौजी को ठीक से याद नहीं था। अच्छे पैसे दिये थे। वो मिलने चला गया... उस ज़माने में तीन सौ रुपये दिये थे, अब पूरे हज़ार की बात कर रहे थे।

''सामान भी ज़्यादा है और रास्ता भी काफ़ी पेचीदा हो गया है। पहले तो सीधा जीटी रोड पकड़ कर निकल जाते थे। अब सुना है उस रोड पर बड़े हमले होते हैं। पुलिस चौकियाँ उठ गईं हैं। पुलिस वालों को तन्ख़ाहें नहीं मिल रहीं तो वो ख़ुद लूट-मार में शामिल हो गये हैं। जो हाथ लगे उतार लेते हैं! गाँव-क़स्बों से होते हुए ही निकलना पड़ेगा।''

फ़ौजी के सोचने से पहले ही राय बहादुर ने रास्ता समझा दिया। फिर भी...

''सोच के बताता हूँ।'' कह के फ़ौजी चला आया था।

तब से फ़ौजी के मन में ये बात भी चल रही थी कि राय बहादुर यहाँ से कूच की तैयारी कर रहे हैं। तो क्यों न सामान के साथ पन्ना को भी ले लें। और लखबीरा, इसे साथ ले लेंगे। लखबीरे के ठिकाने पर आग लगने के बाद से उसका ख़याल बदलने लग गया था। उसे लग रहा था, कुछ दिन रुक जाओ,

अगर हालात ज़्यादा ख़राब होने लगे तो सामान में राय बहादुर का ख़ानदान भी होगा...

लखबीरे ने जब दूसरा सोडा खोला तो फिर पूछा।

"बोल न फ़ौजी... ये आग अगर लगी नहीं तो किसने लगाई होगी?"

फ़ौजी ने बिलकुल फ़लस्फ़ियाना बात की।

"तू नाम पूछ रहा है के धरम पूछ रहा है?"

फ़ौजी कोई नया आदमी नहीं था शहर में। बहुत से लोग बहुत तरह से जानते थे। उसे इस शहर में लाने वाला उजागर सिंह था। हालांके उजागर सिंह ख़ुद बहुत कम रहा यहाँ। लेकिन उसकी जड़ें यहीं थीं, पैदा यहाँ हुआ था और बचपन यहाँ गुज़रा था अपने दादा के पास। उसका बाप दिलावर सिंह जवानी में यहाँ से दिल्ली चला गया था, और वहीं रहा अपने बच्चों के साथ। एक टैक्सी डाल ली थी, इम्पीरियल होटल में लगी हुई थी। कभी-कभार बच्चों को लेकर कैम्बलपुर आता और कुछ दिन अपने बाप के साथ रह कर लौट जाता। दिलावर का बाप अक्सर अपने पोते उजागर सिंह को ये कह के रख लेता।

‘‘अगली बार ले जाइयो। यहीं मेरे पास उर्दू पढ़ेगा। तू तो अंग्रेज़ बनता जा रहा है। पाजामे छोड़ दिये। पतलून पहनने लगा है। ले जा अपनी दहीयों को मेम बना के इंगलिस्तान भेज देना...’’ फिर कह देते! ‘‘अच्छा ही है बुरा क्या है? हैं?’’

बच्चे जैसे-जैसे बड़े होने लगे, बिखरने लगे। तीन लड़कियाँ थीं। तीनों हिन्दुस्तान के दूर-दराज़ इलाक़ों में ब्याही गईं। एक उड़ीसा, एक राजपूताना और एक यू.पी.! बेटे उजागर ने वहीं अपने मुहल्ले की एक लड़की से शादी कर ली थी। शादी के बाद वही साथ रहा बाप के। दिलावर सिंह अपने बाप

को याद तो करता था लेकिन कभी मिलने नहीं आया। सिर्फ़ उजागर सिंह आया करता था मिलने। दादा के गुज़र जाने के बाद भी वो उस घर में आता-जाता रहा जहाँ दादा से अंग्रेज़ों के राज की कहानियाँ सुनी थीं। उनकी बड़ी ख़्वाहिश थी उजागर सिंह फ़ौज में भर्ती हो जाये और अपने मुल्क के लिए लड़े। लेकिन वो भी अपने बाप के पेशे में चला गया। टैक्सियाँ दो से तीन कर लीं। तीसरी टैक्सी जब आयी तो दिलावर सिंह गुज़र गया। उजागर सिंह बाप की अस्थियाँ लेकर कैम्बलपुर आया। दादा के पास, जैसा कि उसने चाहा था। और अस्थियाँ उसी के खेतों में बिखेर दीं। दादा की बातें कभी-कभी उसके कान में गूँजा करती थीं। जिनमें कोई तसलसुल नहीं था। जो भी दिमाग़ में आता बोलते रहते।

''भई यूँ है पुत्तर के अंग्रेज़ों ने आकर हमको एक मुल्क तो बना दिया नां। नहीं तो हम तो रजवाड़ों में बटे रहते और नोचते रहते एक दूसरे को। वो कौन से कोई बाहर से फ़ौजें लेकर आये थे। उन्हें पता था हमारे इत्तफ़ाक़ भी बड़े और नफ़ाक़ भी बड़े। हमारे ही लोगों की फ़ौजें बनाईं और हमारे ही मुल्क को फ़तह कर लिया। भई कमाल है अंग्रेज़ों का। देख ले। रेल चला दी। डाकख़ाने बना दिये। और कोई घर से पैसे थोड़ा लाये थे। पैसे भी हमारे मुल्क भी हमारा। और वो मालिक बन बैठे और हम नौकर हो गये। कोई अच्छा थोड़ा ही कर रहे हैं जो उनको भगाने की कोशिश कर रहे हैं। वो चले जायेंगे तो हम फिर बट जायेंगे।''

फिर दादा भी चले गये। उजागर सिंह ने दादा की ज़मीनें तो बेच दीं पर घर नहीं छोड़ा। पहले-पहल टैक्सियों के बाद एक बस चलाने लगा था। कैम्बलपुर से दिल्ली, दिल्ली से कैम्बलपुर तक। लेकिन उसमें नुक़सान हुआ तो दो ट्रक डाल लिये। मक़सद था कि कैम्बलपुर की मिट्टी न छूटे। ख़ुद भी बीच-बीच में गेड़ा मार लेता था।

ऐसे ही एक सफ़र में एक बारिश की रात को एक पुल पर, ज़बरदस्त एक्सीडेंट हो गया। सामने से आते हुए ट्रक से यूँ टकराया कि आधा ट्रक पुल पर और आधा नीचे लटक गया। सामने का शीशा टूट कर पूरा उजागर सिंह के चेहरे पर बिखर गया। सामने के ट्रक वाले को भी चोट आयी मगर कम। उसी की हिम्मत थी कि उस हाल में भी रस्सी बाँध कर नीचे तक लटका और उजागर सिंह को कन्धों पर लिपटा के हिफ़ाज़त से ऊपर लाया। उसका ऊपर आना था कि ट्रक नीचे नदी में गया।

वहीं पुल और नदी के बीच में लटके हुए फ़ौजी से मुलाक़ात हुई थी। फ़ौजी उसे अपने ट्रक में रख के कैम्बलपुर तक लाया। उसके घर में पहुँचाया और बड़ी तीमारदारी की। ख़ुद फ़ौजी ने लखबीरे के ढाबे पर चारपाई डलवा ली।

उजागर सिंह ने फ़ौजी के साथ अपने दो ट्रक मिला के एक साझेदारी कर ली। अपने दादा वाले घर में रहने के लिए कहा, तो फ़ौजी माना नहीं। फ़ौजी को वहीं अड्डे पर, एक मकान में रहने की जगह ले दी। नीचे दफ़्तर जैसी जगह थी और ऊपर रहने का घर हो गया। सामने खुली छत भी थी।

और कह दिया... ''तू मेरा यहाँ का मैनेजर भी है और पार्टनर भी! मैं भी महीने-दो महीने में गेड़ा मार आया करूँगा। वाहेगुरु ने महर की तो काम और बढ़ेगा।''

बस तभी से फ़ौजी कैम्बलपुर का हो गया। ये कोई चार-पाँच साल पहले की बात थी जब आलमी जंग ज़ोरों पर थी और ट्रक केंटून्मेंट में लग जाया करते थे। जंग में सबने पैसा बनाया। पेट्रोल पर्मिट पर मिला करता था। फ़ौजी छावनी तक चला जाता। पर्मिट भी ले आता था। वो अफ़सरों की मुट्ठी गर्म करने में माहिर था। उनमें अंग्रेज़ अफ़सर भी शामिल थे। फ़ौजी कहता था: ''खाते वो भी हैं लेकिन बराहेरास्त हाथ में कुछ नहीं लेते। वो तो रोटी का निवाला भी हाथ से मुँह में नहीं डालते। छुरी से काटते हैं और काँटे से उठा के मुँह में डालते हैं! और दोनों कामों के लिए हिन्दुस्तानियों का इस्तमाल करते हैं। छुरी भी! काँटा भी!''

शहर के कई लोगों के काम उसने अंग्रेज़ों से निकलवा दिये थे। ये और बात है कि अक्सर लोग उसकी मुट्ठी भी गर्म कर जाते थे... लेकिन फ़ौजी ने दोस्तों के साथ हमेशा दोस्ती रखी। तबियत का पठान था। उसमें कोई हिसाब-किताब नहीं। लखबीरे को शराब का ठेका भी तो उसीने दिलवाया था... लखबीरे के साथ दिल-व-जान से पटती थी! वो, जिसे जिगरी दोस्त कहते हैं।

आज लखबीरे के घर पे आग लगी थी। और वो दो-तीन बार पूछ चुका था।

"बता किसने लगाई होगी आग?"

इस बार फ़ौजी ने लखबीरे से पूछ लिया।

"अच्छा तुझे कोई डर नहीं लगता?... तू भी तो सिख है। तूने भी तो ढाबे के बोर्ड पर 'खंडा' बनवा रखा है!"

लखबीरे का हाथ होंटों तक जाते-जाते रुक गया।

उस रात चारपाई पर पड़ा वो देर तक बहुत कुछ सोचता रहा। तन्दूर की आग अभी बुझी नहीं थी। उसने एक जलती हुई लकड़ी उठायी, और बोर्ड का वो हिस्सा जला कर काला कर दिया जहाँ खंडा बना हुआ था... वो उसे खुरचना नहीं चाहता था।

ट्रकों के अड्डे पर चन्दू का नाम 'डंगर चोर' पड़ गया था। उसका काम ही था कि जब ट्रक लेकर निकलता था तो कोई न कोई मवेशी जो रास्ते में चरता मिल जाये वो उठा लेता था। कहीं की गाय बकरी कहीं और जाकर क़साईयों के हाथ बेच दिया करता था... इसलिये जब भी अड्डे पर आता या निकलता अड्डे से, तो अड्डे के ड्राइवर बकरी या गाय की आवाज़ें निकाल के छेड़ते थे। कभी कोई बोल भी पड़ता।

"बकरी बचा ओये बकरी..."

एक रोज़ फ़ौजी से पंगा लिया चन्दू ने, और ऐसी मार पड़ी थी कि वो तो अड्डा ही छोड़ गया।

उसी के नाम से तिवारी की बीवी ने एक रात बात की। उस दिन घर में बहुत चकचक हुई थी।

"तुम्हारा वो दोस्त है नां... ट्रक वाला... !"

"चन्दू?" तिवारी फ़ौरन समझ गया।

"हाँ वही, डंगर चोर..."

"दोस्त कहाँ का?... जानता था बस।"

"वो तो बहुत काम करता है इस तरह के... यहाँ की गाय बकरी और कहीं जा के बेच देता है।"

तिवारी इशारा समझ रहा था। बोला : ''मवेशी उठाना और बात है और लड़की उठाना...'' यकलख़्त उसकी आवाज़ सर्गोशी में डूब गयी। ''क़साईघर और कोठे में बहुत फ़र्क़ है। बेज़बान तो बोल नहीं सकते और उसकी ज़बान तो... क़ैंची की तरह चलती है।''

तिवारी की बहू कान्ता ने फुसफुसाहट कहीं सुन ली। पहले ही एक ख़ौफ़ में जी रही थी, ये सुन कर काँप गयी... रात पता नहीं कब और कैसे बेटे को लेकर घर से ग़ायब हो गयी।

तिवारी और उसकी बीवी दमयन्ती ने शहर के सारे आश्रम और गुरुद्वारे छान मारे लेकिन कहीं कोई सुराग़ न मिला। बदनामी और ख़ौफ़ के मारे उन दोनों के मुँह से भी कोई हर्फ़ न निकला।

उसी में एक दिन तिवारी अड्डे पर चन्दू को ढूँढ़ता हुआ निकल गया, तो फ़ौजी से मुठभेड़ हो गयी।

''कुछ सामान बाहर भेजना है!'' तिवारी ने कहा।

फ़ौजी ने पूछ लिया।

''क्या भेजना है?''

''कुछ बन्दे जायेंगे। शायद ख़ुद मैं भी जाऊँ।''

''ट्रक में?''

''सामान भी होगा नां।''

''कहाँ जाओगे?''

''मेरठ!''

फ़ौजी ने यूँ ही एक कौड़ी फेंक दी। दिल्ली तक पहुँचा दूँगा। दस हज़ार लगेंगे। सवारियाँ कितनी हैं?''

''हूँ!'' कहा और तिवारी नाक सुकेड़ के निकल गया। फ़ौजी की सुई एक बार फिर हिल गयी। लोगों में हरास तो है।

पैंती-छत्ती ने फिर एक ख़बर का धमाका किया।

तुम्हारे पड़ोस में क्या हो रहा है कुछ पता भी है? मीरां के गाँव में जितने हिन्दू थे, मुस्लमानों ने उनका ख़त्ना कर दिया। सुन्नी हो गये सब!''

कोई यक़ीन नहीं करना चाहता था... मगर पैंती-छत्ती सीने पे हाथ रख के बोला :

''क़सम से, ठीक कह रहा हूँ। पहले तो मिल के एक अमन कमेटी बनाई। थोड़े से ही हिन्दू घर थे। मस्जिद में सबको बुलाया। और कहा कि देखो भई, हम नहीं चाहते कि यहाँ किसी क़िस्म का ख़ून-ख़राबा हो। हमसे जहाँ तक बन पड़ेगा आप लोगों की हिफ़ाज़त करेंगे। लेकिन आस-पास में बड़ी मारा-मारी शुरू हो गयी है। हम पर दबाव पड़ रहा है। हम हिन्दुओं के घरों पर निशानी लगा दें... हमने कह दिया हमारे यहाँ के सब हिन्दू निकल गये। और जो रह गये, उन्होंने इसलाम क़बूल कर लिया... अब इससे पहले कि जान पर आ बने, इतना कर लो कि तुम्हारे पास मुस्लमान होने का सबूत हो जाये।'' अड्डे पर, सुन के सब चुप हो गये।

वही पाली फिर बोला : ''तो... ?''

''तो क्या! सब राज़ी हो गये। ख़त्ना करवा लिया।''

''और औरतें? उनके पास क्या सबूत है?'' पाली बोला।

लखबीरे ने जूता फेंका उस पर—"ओये हराम के तख़म बस भी किया कर कभी। तुझे क्या मस्ख़री लगती है? उधर भी तो बहुत कुछ हो रहा है हमने सुना है। सरदारों ने थर्थली मचा रखी है।"

पैंती-छत्ती बोला : "कम उन्होंने भी नहीं किया। हमने तो सुना है अमृतसर से एक पूरी ट्रेन काट के भेजी है लाहौर तक। अमृतसर से लेकर लाहौर तक पटरियाँ ख़ून से लाल हो गयी हैं।"

एक चुप लग गयी। पैंती-छत्ती फिर बोला :

"जहाँ भी मार काट होती है। पड़ोसी कोई नहीं मारता। पड़ोसियों के हमदर्द आ के मारते हैं। मैंने तो यहाँ तक देखा है टोलियाँ घूम रही हैं। जिनका काम ही ये हो गया है। आग लगाना, ख़ून करना, लूटना... और ऊपर से पैसे मिलते हैं।"

"कौन देता है?"

"पैसे देते है जिनको लूट का माल पहुँचता है। जमातें बन गयी हैं। देख लेना यही लोग कल हुकूमत चलायेंगे। यही लोग हैं जो गाँव-गाँव जाकर दहशत फैलाते हैं। और कैम्पों से औरतें उठा कर ले जाते हैं।"

"कैम्प?" दो-तीन के मुँह से निकला। "कैम्प क्या?"

पैंती-छत्ती ख़बरों की तरह घूमता था और अफ़वाहों की तरह उड़ता था। कैम्बलपुर और रावलपिंडी के बीच कोई दिन नहीं जब वो सड़क पर न हो। जो बड़ी सड़क थी, जी.टी. रोड, वो दिन-ब-दिन ख़तरनाक होती जा रही थी। इसलिये वो

गाँव, क़स्बों और शहरों से गुज़रती हुई जो अन्दरूनी सड़कें थीं, उनसे सफ़र करने लगा था। अनाज मंडियों के काम जारी थे, बल्के तेज़ हो गये थे। लेकिन उसे कोई ख़ाली दिन मिल जाये तब भी बेचैन रहता था निकलने के लिए। चारों तरफ़ जो हलचल हो रही थी वो उसे बेचैन कर रही थी। जो कभी सोचा नहीं था, देखा नहीं था। वो सब उसकी आँखों के सामने से गुज़र रहा था। इन्सानों का ये रूप देख कर भी, वो मानना नहीं चाहता था।

सन् 47 लग चुका था। मौसम बदल रहा था। हालात ख़राब हो रहे थे। जैसे-जैसे आज़ादी की तारीख़ नज़दीक आ रही थी, आज़ादी और दूर होती जा रही थी।

कहीं-कहीं मिल्ट्री ट्रकों की गश्त नज़र आने लगी थी। उम्मीद की जा रही थी कि जो लोग बॉर्डर पर जाना चाहते हैं, मिल्ट्री उन्हें अपनी हिफ़ाज़त में ले जायेगी... इसीलिये जिन लोगों ने चलने के फ़ैसले कर लिये थे वो इकट्ठे होने लगे। और तारें बाँध कर उनके कैम्प लगाये जा रहे थे।

लखबीरे ने सवाल किया।

''लेकिन उनके खाने-पीने का बन्दोबस्त कौन कर रहा है?''

''कोई नहीं!''

पर्तपाल की वही... ''तो?...''

''कुछ नहीं! गाँव वाले आकर रोटी-पानी बाँट रहे हैं। भूख लगे तो ज़ात-पात, छूत-अछूत कोई नहीं पूछता, सब खा लेते हैं। उन्हीं से भाग रहे हैं। उन्हीं के हाथों से खा रहे हैं।''

पर्तपाल की आदत थी पंगा लेने की। कुछ कह दिया होगा, हमीदे को। हमीदे की ऊँची-ऊँची आवाज़ सुनायी दी। कोई झटके हलाल की बात हो रही थी। लखबीरा बाहर

निकल आया तो वो चुप हो गया। पर्तपाल भी वहाँ से मुड़ के चला गया।

उस रात पाली ढाबे के बाहर चारपाई पर सो रहा था, जब हमीदे ने गोश्त के गंडासे से, एक ही झटके में उसकी गर्दन अलग कर दी। और फ़रार हो गया।

कैम्बलपुर जो अब तक डानोडोल लग रहा था। एक सन्नाटे में आकर ठहर गया। अब शहर के दूसरे हिस्से से भी बेचैन कर देने वाली ख़बरें आने लगीं।

फ़ौजी के दांतों में फँसा गोश्त बाहर आ गया। उसने लखबीरे को सलाह दी।

"तू कुछ दिन के लिए चला जा यहाँ से।"

"कहाँ?..."

"उस तरफ़!"

"उस तरफ़ तो मेरा कोई नहीं। मेरे तो अपने सौतेले सब इसी तरफ़ हैं।"

कुछ सोच के फ़ौजी ने कहा। "हमीद पता नहीं कहाँ गया है? तू इस ढाबे-ठेके को मार ताला और चल। मैं तुझे उजागर सिंह के पास छोड़ आता हूँ। ये बात बहुत बढ़ेगी।"

लखबीरे को भी बात जायज़ लगी लेकिन... सोच में पड़ गया। हिन्दुस्तान में मेरा है क्या? मैं अपना मुल्क छोड़ के क्यों दूसरों के मुल्क में जाऊँ? पाकिस्तान तो पाकिस्तान सही। मेरा मुल्क तो यही है!!

अगले ही दिन राय बहादुर देसराज साहब पूछने आ गये।

"क्यों भई, फ़ौजदार, कुछ सोचा तूने?... कब चलना है?"

फ़ौजी ने बस फ़ौरन ही फ़ैसला कर लिया।

"जी, तरसों चलते हैं। जुमे का दिन है।"

लाला देसराज क़रीब आकर बोले :

‘‘भई सामान तो है लेकिन... हम ख़ुद परीवार के साथ यहाँ से निकल जाना चाहते हैं। फिर जब सब शान्त हो जायेगा तो लौट आयेंगे...’’ आवाज़ को थोड़ा दबाते हुए बोले। ‘‘हालात कुछ अच्छे नहीं लग रहे हैं... और बस, ट्रेन का तो सवाल ही पैदा नहीं होता। अब इक्का-दुक्का लोग नहीं, इक्का-दुक्का बस की बस, ट्रेन की ट्रेन कटेगी, लग रहा है। कार में कुछ हौसला नहीं होता... और कोई रास्ता भी नहीं।’’

‘‘आप कितने लोग हैं परीवार के?’’

‘‘मैं हूँ, पत्नी हैं मेरी और दो बच्चे हैं। लड़की और बेटा मेरा।’’

फ़ौजी ने जितनी नर्मी हो सकती थी वो सब इस्तमाल की।

‘‘एक और ज़हमत होगी आपको। बड़ा कोई सामान न लीजियेगा। मेरे साथ तीन-चार सवारियाँ और भी हैं।’’

राय बहादुर ज़रा-सा ठिठके। ‘‘अच्छा... वो कौन...?’’

इससे पहले लाला जी कुछ और कहते, फ़ौजी ने बात साफ़ कर दी।

‘‘वो भी हालात ही के डर से निकल रहे हैं। उनमें कुछ मेरे वाक़िफ़ भी हैं। और ट्रक भी, उजागर सिंह का है। आप जानते हैं। उन्हें सौंप के आ जाऊँगा। फिर जो अल्लाह की मर्ज़ी।’’

लख़बीरे ने ख़बर दी तिवारी आया था।

‘‘अच्छा!... ? क्या कहा?’’

‘‘वो उधर जाने के लिए तैयार है। और तेरा किराया भी मंज़ूर है उसे।’’

‘‘मैंने तो यूँही कह दिया था एक दिन। चन्दू का आदमी है।’’

‘‘वो तो पेशगी भी दे गया। ये देख!’’ लखबीरे ने नोटों की गड्डियाँ दिखाईं।

‘‘रुपये की कमी नहीं है उसके पास। आढ़त का व्यापारी है।’’

फ़ौजी ने बड़े धीरे से उसके कन्धे पर हाथ रखा।

‘‘तू कुछ नहीं बोला अब तक। तू चले तो चलते हैं। कुछ और लोग भी हैं। नहीं तो, जहाँ तू, वहाँ मैं! और आज से तू मेरे घर पे रहेगा। ढाबे पे नहीं।’’

लखबीरा कुछ-कुछ मान गया। ‘‘पर्तपाल के हादसे के बाद मेरा दिल भी उचाट हो रहा है, घूम आते हैं। लगता है, ढाबे के दिन भी पूरे हो गये। वापस आ के देखेंगे।’’

रुपयों की गड्डी बढ़ाई तो फ़ौजी ने उसकी जेब में ठूँस दी।

‘‘रख ले! और भी आयेंगी।’’

उस रात फ़ौजी और लखबीरा, बड़ी देर तक छत पे पड़े जागते रहे। फ़ौजी ने आसमान के तारे देखते-देखते अचानक सवाल कर दिया।

"बीरे ये बता, आज़ादी है क्या?... कहाँ से आ रही है?... किसके लिए आ रही है?"

लखबीरा बहुत देर तक चुप रहा। फिर बोला : "हमारे निकलने की ख़बर फैल गयी है।"

"लोगों के कान बड़े हो गये हैं। तकिये में मुँह दबा के बोलो, तब भी सुन लेते हैं।"

फिर चुप छा गयी। फ़ौजी ने पूछा ही नहीं किसने बताया। पता ही नहीं कब आँख लग गयी। आसमान सर के ऊपर चलता रहा। ज़मीन नीचे गुज़रती रही।

सुबह होने में अभी देर थी, जब पूरे शहर ने करवट ली, और बहुत-सों की आँख खुल गयी... बेशुमार लोग अपनी अपनी छतों पर चढ़ आये।

ख़ामोशी थी मगर एक दबा हुआ शोर सुनाई दे रहा था। एक लम्बा क़ाफ़ला लोगों का शहर के एक किनारे से लग के जा रहा था। सरों पर गठरियाँ थीं। कन्धों पर बक्से थे। बग़लों में बच्चे उठाये, बुज़ुर्गों को घसीटते, ये लोग अपने वतन छोड़ के जा रहे थे। इनका मुल्क बदल गया था।

जाने वाले ख़ौफ़ से चुप थे—और देखने वालों के गले रुँधे हुए थे। सिर्फ़ क़दमों का शोर था, जो रात के सन्नाटे में गूँज रहा था।

फ़ौजी ने भी देखा, लखबीरा भी जाग गया था... एक गली में उमर शेख़ भी, अपने ख़ानदान के साथ छत पर आ गये थे। मास्टर करम सिंह भी बेटे और बहू के साथ बुत बने सब देख रहे थे।

किसी ने किसी को आवाज़ नहीं दी। लोग छतों पर उगते रहे। किसी ने किसी से आँख न मिलाई। सब नादिम लगते थे। और यक़ीन नहीं आता था, ये क्या हो रहा है...? क्या हम आज़ाद हो रहे हैं?... क्या आज़ाद होना इतना दर्दनाक होता है?...

उस दिन मास्टर करम सिंह का एतमाद टूट गया... सारा दिन आंगन में लकड़ियाँ चीरते रहे। किसी ने मना भी नहीं किया। न अवतार सिंह ने, न बहू ने! दोनों जानते थे क्या हो रहा है। वो अपनेआप से लड़ रहे हैं। 'भूरी' को दिन में कई बार सामने खड़े होकर खिलाया। एक ही बार अवतार से कहा।

''कोई आया नहीं तेरी बेबे को छोड़ने। शायद वहाँ भी यही सब हो रहा होगा।'' फिर अपनेआप ही से कहा : ''जब आलमी जंग शुरू हुई थी ना, तभी से... फ़ज़ल कहता था क़्यामत शुरू हो चुकी है। हमारे यहाँ पहुँच रही है।'' दिन में एक बार घर से निकले भी थे, बहुत बेचैन लग रहे थे।

दोपहर में जब आये तो उनके चेहरे का रंग बदला हुआ था। होंट काँप रहे थे। बहू को बुला कर कहा : ''शहर में तो ऐसा सन्नाटा है जैसे कोई तूफ़ान आने वाला है। कोई बात नहीं करता। बेटा जो गहना, ज़ेवर, नक़दी, जो कुछ है, वो एक जगह कर लो। सब लोग ''जझार'' गुरुद्वारे में जमा हो रहे हैं। शायद वहीं से...'' उनकी आवाज़ रुँध गयी। ''कोई काफ़िला निकलेगा जैसा आज देखा है। या मिल्ट्री वाले आये तो ट्रकों से निकालेंगे। आगे जो वाहेगुरु...'' उनकी आवाज़ बिलकुल फँस गयी गले में।

फिर अन्दर गये। एक खेस उठाया, भूरी पर डाला। और भैंस को लेकर बाहर निकल गये। बहू ने पूछा : ''कहाँ जा रहे हैं?''...

‘‘आता हूँ—अवतार से कह देना ग्यानीजी ने कल सुबह चौक में जमा होने के लिए कहा है। पर्भाती के वक़्त! सब गुरुद्वारे के लिए रवाना होंगे।’’

‘‘लेकिन आप भूरी को लेकर कहाँ जा रहे हैं भापाजी?’’

‘‘इस बेज़बान को अकेला तो नहीं छोड़ सकता नां बेटा। किसी के पास रख के आता हूँ।’’ शाम होने लगी थी। अंधेरा ऐसे उतर रहा था, जैसे आसमान ज़मीं पे जाल फेंक रहा है।

अज़ान की आवाज़ सुनाई दी। पहले हमेशा सुनकर सुकून मिलता था। मास्टर जी आँखें बन्द कर के हाथ जोड़ लिया करते थे। अब डर लगने लगा था। पहले जानते थे ईमान वालों को इबादत के लिए मस्जिद में बुलाया जा रहा था। अब पता नहीं क्यों बुला रहे हैं। रास्ते ख़ाली पड़े थे। बाज़ार से गुज़रते हुए नानबाई की दुकान पर कुछ लोग भट्टी के गिर्द बैठे थे। कुछ लोगों ने गर्दनें उठा कर देखा, मास्टर जी भैंस को खेस डाल के कहाँ ले जा रहे हैं।

मास्टर जी एक गली में मुड़ गये...

गली के अन्दर एक और गली में मकान था फ़ज़ल मास्टर का। कुछ देर दरवाज़े पर खड़े रहे। दस्तक देने के लिए हाथ उठा भी, फिर अपनेआप गिर पड़ा। वहीं कुंडी से भैंस बाँध दी और लौट गये। कुछ देर के बाद जब भैंस हिली-डुली, तो दरवाज़ा बजा। मास्टर फ़ज़ल ने ख़ुद उठ कर दरवाज़ा खोला, और भैंस को देख कर ताज्जुब किया। खेस उठाया तो भैंस की पीठ पर चाक से लिखा था।

“मैं शर्मिन्दा हूँ। पाकिस्तान तुम्हारे हवाले कर के जा रहा हूँ।”

सुबह चौक पर पहुँचने के लिए, अवतार सिंह और उसकी बीवी तैयार हुए तो भापाजी घर से ग़ायब थे। आवाज़ें दीं। अवतार ने कहा।

“कहीं उमर शेख़ के यहाँ तो नहीं चले गये?”

“वहाँ कैसे जायेंगे। उन्हीं के छत से तो कल रात 'अल्लाहू अक्बर' की आवाज़ें आ रही थीं।” अचानक सत्या को ख़याल आया।

“ओह, वो तो बीजी को लेने चले गये।”

बात फ़ौरन में समझ आ गयी। इसीलिये कल फज्जू गड्डे वाले का पता पूछ रहे थे।

चौक पर हिन्दू और सिख जमा हो चुके थे। ट्रंकियाँ उठाये हुए। ज़्यादातर लोगों ने गठरियाँ बाँध ली थीं। कीर्तन शुरू हो चुका था। औरतें मर्द बच्चे सभी थे। शब्द भजन मिल्लत के थे, लेकिन दिलों में ख़ौफ़ और ग़ुस्सा था और चेहरे ग़मज़दा नज़र आ रहे थे। केसरी रंग की पगड़ियों में पाँच निहंग नंगी तलवारें सूते सामने खड़े थे। जुलूस जब गुरुद्वारे की तरफ़ चल पड़ा तो अवतार और उसकी बीवी दो पोटलियाँ उठाये तक़रीबन भागते-भागते हुए पहुँचे और उनके साथ हो लिये।

उसी चौक पर घंटाघर के दूसरी तरफ़ फ़ौजी का ट्रक खड़ा था। और उसकी सवारियाँ पहुँच रही थीं। जितना सामान वो लोग लेकर आ गये थे। वो ले जाना मुम्किन नहीं था। वहीं गली के नुक्कड़ पर, सोने की घड़याल और चाँदी के बर्तन भी छोड़ने पड़े।

फ़ौजी ने बड़ी ईमानदारी से समझाया।

''लालाजी ये सामान दिखा कर लुटने की तैयारियाँ हैं। कोई नहीं निकलने देगा। और ख़बरें तो हम से आगे निकल चुकीं। ग़रीब मुसाफ़िर बन के निकल चलो!... जानें बचा लो अपनी, वही बहुत है।''

कहा तो लालाजी से था। लेकिन सब ने सुना। कुछ सन्दूक़ फिर खुले। चौराहे पर। कुछ पोटलियाँ फिर बँधीं... जो फेंका, वो क़रीने से रखा क्योंके क़ीमती था और फिर उन पर पता नहीं क्या सोच कर चादर डाल दी। जब ट्रक पर चढ़े तो कई माथे ठन्के। लालाजी अपनी पत्नी और दो बच्चों के साथ पहले सवार हुए। उनके ट्रंक भी दो थे। उन्होंने पहले लगवा लिये। लेकिन जब पन्ना को देखा एक ट्रंकी और पोटली के साथ तो चौंके और फ़ौरन नज़र चुरा ली... भला हुआ पन्ना की ख़ामोश तसलीम किसी ने न देखी। ये अदा वही जानती थी... कान्ता और गुड्डू को देख कर तिवारी से रहा न गया। फ़ौजी को एक तरफ़ बुला कर पूछ ही लिया।

''ये माँ-बेटा कैसे आ गईं? इनके पास इतने पैसे कहाँ से आये?''

फ़ौजी ने पूछा। ''तुम्हारी बहू तो नहीं है ये?''

वो साफ़ मुकर गया। ''न जी वो तो मर चुकी! लेकिन ये...''

फ़ौजी ने बात साफ़ कर दी।

''उमर शेख़ ने रक़म दी है। और कहा : 'बॉर्डर पार करा देना मैं समझँगा हज कर आया। मेरी बेटी जैसी है।' ''

कान्ता और गुड्डू सहमे से ट्रक में चढ़ के बैठ गये। तिवारी की बीवी पहले ही जा बैठी थी। तिवारी ने बैठने से पहले पूछा : ''मैं सामने बैठ जाऊँ फ़ौजी... ?''

''नहीं—वहाँ मेरा दोस्त बैठा है... लखबीरा...! चल अब चढ़ जा। चलें अल्लाह का नाम लेकर!''

सर्दियाँ जा रही थीं, लेकिन हवा में ख़न्की थी, और सुबह की हवा कुछ ज़्यादा ही चुभ रही थी। शाल, दोशाले और चादरें लपेटे, सब के सब सामान की गठरियाँ लग रहे थे। लगता था कुछ ट्रंक, कुछ गठरियाँ ट्रक में जा रहे थे। सिर्फ़ मुंडियाँ बाहर निकली हुई थीं। आँखों में नमी ज़रूर थी सबके। कुछ जनम की मिट्टी छोड़ने पर थी। कुछ शायद उसके लिए हो जो चौक के चौराहे पर छोड़ आये थे। आसान नहीं था इस तरह अपनी जड़ें छोड़ कर चल देना। और उस पर ये भी पता नहीं था। कहाँ और कैसे बीजे जायेंगे। बीजे जायेंगे भी या नहीं। पेड़ से

टूटी शाख़ों को अक्सर देखा था, धूप में सूखते, टूटते और फिर गर्द में रुल जाते!!

ये उम्मीद टूटने लग गयी थी कि फिर कभी लौटना भी होगा... उसके बावजूद राय बहादुर ने पूछा, बीवी से : "कोठी की चाबियाँ तो नहीं छोड़ आयीं चौक पर?" बीवी ने ख़ामोशी से सर हिला कर इशारे से कह दिया। "नहीं मेरे पास हैं!"

शहर छोड़ते-छोड़ते ट्रक को डेढ़ घंटा लग गया... रास्ते में और कोई ट्रक नहीं देखा।

कार नहीं देखी। कारें उन दिनों थीं भी कहाँ सड़कों पर। दूर से गुज़रते कोई घुड़सवार नज़र आया। या बैलगाड़ी जाते देखी। अजीब अकेलापन था, और कोई बात भी नहीं कर रहा था।

लखबीरा जो इतना बोलता था। वो भी चुप बैठा था। आँखें फाड़े चारों तरफ़ देख रहा था। एक बार बीच की चौकोर कटी हुई खिड़की से झाँक कर देखा। पीछे भी ट्रक में कोई हरकत नहीं थी। लाला देसराज के दोनों बच्चे सो गये थे। नौ-दस की बेटी जो उम्र से बड़ी लगती थी। और उससे बड़ा बेटा जो आँखों से नौ-दस का ही लगता था। उसका चश्मा नाक से ढलक गया था। पन्ना की आँखें बन्द थीं। मगर जाग रही थी। गुड्डू कान्ता की गोद में सो रहा था और कान्ता बाहर की तरफ़ आसमान देख रही थी। सिर्फ़ तिवारी था जिसकी

आँखें कान्ता पर टिकी हुई थीं। उसकी पत्नी भी अब ऊँघने लगी थी... !

एक दोहराहे पर आकर फ़ौजी रुक गया। लालाजी की गर्दन हिली। लखबीरे ने फ़ौजी की तरफ़ देखा। फ़ौजी ने ख़ुद ही फ़ैसला कर लिया। ''मूसा ख़ैल, की तरफ़ से निकलते हैं। ठीक लगा तो आगे चल के जी.टी. रोड पकड़ लेंगे।'' और ट्रक फिर रवाना हो गया। राय बहादुर ने सुन लिया, या बात का अन्दाज़ा कर लिया। घुटनों पर उठ के चौकर खिड़की से झाँका और बोले :

''फ़ौजी—मीयानवाली के नीचे-नीचे के रास्ते से निकल लो। छोटे-छोटे क़स्बों से निकलना अच्छा है। बड़े शहरों में ज़्यादा ख़तरा है। पुलिस-वुलिस का कोई भरोसा नहीं !'' फ़ौजी ने इस बात में गर्दन हिला दी, और देसराज फिर बैठ गये।

घंटे डेढ़ घंटे का सफ़र गुज़रा तो सूरज और ऊपर आ गया... धूप अच्छी लगी पर रौशनी ने बेपर्दा कर दिया। बाहर से गुज़रती बस्तियाँ भी नज़र आने लगीं।

फिर एक छोटा-सा वाक़्या हुआ। ट्रक एक कच्ची-सी सड़क से हिचकोले खाता गुज़र रहा था, कि खेतों के पार से एक छोटा-सा क़ाफ़ला सरों पर गठरियाँ लिये जाता नज़र आया। सरदारों की पगड़ियों से अन्दाज़ा हो जाता था, हिन्दुओं का क़ाफ़ला है। कुल सौ-पचास होंगे। काफ़ी दूर आगे थे वो

लोग और ट्रक से आगे थे, फिर भी फ़ौजी ने दो-तीन दरख़्तों की आड़ में ट्रक खड़ा कर दिया। उसी वक़्त पीछे से आते हुए एक दस-साला सरदार लड़के को देखा। जो एक बहुत बूढ़े आदमी का हाथ पकड़ के उनकी तरफ़ आ रहा था। देख कर लगता था शायद उसका दादा है। वो तेज़ नहीं चल पा रहे थे। फ़ौजी ट्रक से उतर के बाहर आ गया। लड़के ने उसे देख कर हाथ उठाया और चिल्ला कर बोला :

"ओ भाई, क्या बॉर्डर की तरफ़ जा रहा है तू?"

ये लफ़्ज़ 'बॉर्डर' आम हो गया था। एक और लफ़्ज़ जो अक्सर कानों में पड़ने लगा था, वो 'रेफ़्यूजी' था। पास पहुँचते हुए लड़के ने अपना जुमला दोहराया। और साथ ही कहा।

"मेरे बाबा को ले जा। उससे चला नहीं जा रहा।"

फ़ौजी ने सुना और पूछा : "और तू?... तू कैसे जायेगा?"

बड़ी मासूम-सी मजबूरी उसके चेहरे पर फैल गयी। "जगह होगी तो मैं भी आ जाऊँगा।"

"न हुई तो?"

"मैं... वो... उन लोगों के साथ..." उसने क़ाफ़िले की तरफ़ इशारा किया। जब तक फ़ौजी ने पीछे का फट्टा गिरा दिया था।

"चल आ जा बेटा... चढ़ जा।"

लड़के ने बाबा से कहा, जो छड़ी टेकते हुए बस पहुँच ही रहा था।

''आ जा बाबा... चढ़ जा ट्रक विच!''

''और तेरे माँ-बाप? वो कहाँ हैं?''

''उन दोनों को मार दिया उन लोगों ने। मुझे भी मार देते। लेकिन दादे ने मुझे भैंस वाले भूसे में छुपा दिया। दादे को कुछ नहीं कहा उन लोगों ने।'' लड़के ने ऐसे कह दिया जैसे कापी में लिखी इबारत पढ़ दी। जज़बात की सीलन भी नहीं थी।

फ़ौजी ने और कुछ नहीं पूछा। दोनों की मदद की और चढ़ा दिया। तिवारी ने फ़ौरन तीखी नज़र से देखा फ़ौजी को और बुड़बुड़ाया—''ये तो अच्छे सस्ते में रहे।'' फट्टा बन्द कर के फ़ौजी वापस ट्रक पे चढ़ गया।

सब कुछ ले लिया सबने... सिर्फ़ रोटी-पानी भूल गये। कुछ ने कहा के वो जब सामान कम किया था चौक पर, उस में रह गया। कुछ तो सिरे से लाना ही भूल गये थे। बाबा के पोते ने जब कहा।

''प्यास लगी है मासी जी, पानी है?'' तो तिवारी की बीवी ने पति की तरफ़ देखा, वो बोला : ''लिया तो था वो... चाँदी की सुराही थी। भर ली थी। वहीं रह गयी चौक में!''

लाला देसराज के सारे परीवार ने देखा एक दूसरे की तरफ़। सिर्फ़ पन्ना थी जिसने ढक्कन वाली बन्द गुडवी निकाली पोटली से, और खोल के बढ़ा दी।

''गिलास नहीं है बेटा। गुडवी से ही पी ले।''

काके ने ऊँचा बोल के दादा से पूछा। "बाबे, पानी पीना है?" बाबे ने गर्दन हिलाई। और रेवायत मुताबिक़ ऊपर कर के उन्डेली मुँह में, ताकि गुडवी को मुँह न लगे। काफ़ी पिया, और काफ़ी गिरा दिया। पर उस वक़्त बोलता कौन?

उसके बाद पोते ने पिया तो थोड़ा ही बचा था, ख़त्म हो गया। गुड्डू उठ गया था। माँ को देख के फुसफुसाया। "भूख लगी है।" कान्ता ने थैले में गुड़ बाजरे के मोटे-मोटे रोट रखे थे। शेख़ की बीवी ने बना दिये थे। उसने तोड़ के उसे दिया और सरदार काके को भी दिया। बाक़ी पन्ना की तरफ़ बढ़ा दिया जो सामने बैठी थी।

पन्ना ख़ुद ही अलग हो गयी थी या बाक़ी सब उससे खिच कर बैठ गये थे। पन्ना ने थोड़ी तोड़ ली और माथा छू कर तसलीम कहा। कान्ता को लगा वो मुसलमान है। फिर वो क्यों जा रही है? पूछने का मौक़ा नहीं था। लेकिन दिल में गिरह लगा ली। पूछेगी बाद में।

ज़रा देर में लाला देसराज जी खिसक कर चौकोर खिड़की के पास आ गये। झाँक कर पूछा : "फ़ौजी रस्ते में कहीं खाने-पीने को मिलेगा कुछ? ग़लती हो गयी। वो खाने-पीने वाली टोकरी वहीं छूट गयी चौक पर!"

फ़ौजी ने कहा। "लालाजी देर तो लग रही है। लेकिन हम लोग शहरों, क़स्बों से बच के निकल रहे हैं। कहीं कोई और आफ़त न आ पड़े।"

"न न वो तो ठीक है।'

लखबीरे ने कहा। ''दायें तरफ़ देखिये, वो बस्ती जो छोड़ी है। कैसा धुआँ उठ रहा है उसमें। वो किसी मिल या चक्की का तो नहीं लगता।''

देसराज ने मुड़ के देखा, और अन्दाज़ा हो गया। कुछ घर जल रहे हैं। कच्चे रास्ते पर चाहे कितनी देर लगे, रास्ता वही ठीक है।

उसके भी कोई एक घंटे बाद एक शहर नज़र आया। फ़ौजी ने पूछा।

''चलें अन्दर? कोई दुकानें-शुकानें तो खुली होंगी?''

लखबीरा कुछ मद्धम-सी आवाज़ में बोला : ''ले ले। लेकिन गाड़ी गियर में रखना। भागना पड़े तो...'' जब तक फ़ौजी ने ट्रक शहर की तरफ़ मोड़ दिया। बहुत बड़ा शहर तो नहीं था... 'हसनआबाद', भीड़ भी कम ही थी। कुछ दुकानें खुली भी थीं। लेकिन हवा में तनाव महसूस हो रहा था। जैसे ही ट्रक धीरे हुआ। कुछ लोग जगह पर खड़े होकर देखने लगे। कुछ आगे आ गये। झाँकने के लिए।

''कहाँ का ट्रक है भई? क्या ले के जा रहे हो?''

शकल-सूरत से पता नहीं चला कि पूछने वाले हिन्दू हैं या मुस्लमान? इससे पहले के फ़ौजी कुछ फ़ैसला करे एक साईकल सवार उसका दरवाज़ा पकड़ के साथ हो लिया।

''लगते तो मुस्लमान हो। कहाँ जाना है?''

फ़ौजी ने सख़्ती से जवाब दिया।

''कहीं नहीं। तू काम कर अपना।'' फ़ौजी ने उसका हाथ दरवाज़े से हटा दिया। उसने भी तेज़ पैडल मारे। ''अच्छा? तो हम बतायें कहाँ जाना है तुझे?''

सबसे पहले लालाजी आये खिड़की पर।

''फ़ौजी मत रोक इधर। हमें कुछ नहीं चाहिये।''

दूसरा लखबीरा था। ''भगा ले फ़ौजी। जगह ठीक नहीं लगती।''

साईकल वाले का शोर सुन कर सामने से आते एक मोटरसाईकल ने ट्रक रोकने का हाथ दिया। एक ट्रक भी सामने से आकर निकल गया। फ़ौजी ने एक खुली गली देख कर ट्रक मोड़ लिया था। गलियों में तेज़ चलाना मुश्किल था। किसी पतली गली में फँस सकते थे। दोबारा जो मोटरसाईकल की आवाज़ सुनाई दी तो फ़ौजी ने ट्रक भगा दिया। इधर-उधर की कुछ चीज़ों से टकराया भी। एक चारपाई घिसटी। एक डरम लुढ़क गया। लेकिन एक रस्ता शहर के बाहर साथ-साथ जाता दिखाई दिया। लखबीरा दायें-बायें, बायें-दायें कर रहा था। लालाजी खिड़की से चिपके रहे। अन्दर कुछ ट्रंकों के गिरने पड़ने की आवाज़ें भी हुईं। लोगों की 'हा हू' दबी दबी-सी सुनाई दी। लेकिन जब तक मोटरसाईकल की आवाज़ डूब न गयी। फ़ौजी ने रफ़्तार कम नहीं की।

जब शहर से निकल आये तो फ़ौजी ने लखबीरे से पूछा :

''कहीं रोक के पीछे की सवारियों को देख लें?''

''यहाँ नहीं। कहीं किसी ओट में जगह मिले तो रोकेंगे।''

शहर से कोई पन्द्रह मील आगे थे जब सवारियों से भरी, लकड़ी की बॉडी वाली एक स्टेशन वेगन उन्हें ओवरटेक कर के गुज़र गयी। राय बहादुर ने सोचा कि वो भी अपनी कार से निकल जाते जो शायद जल्दी पहुँच जाते और कुछ सामान और भी साथ आ जाता... पर क्या पता... आगे कुछ नहीं सोचा। बस एक आह भर के रह गये।

क़रीब दो मील और आगे आये और रोड से हट, अन्दर की तरफ़ एक कोठी नज़र आयी। किसी रईस की लगती थी जो लुट गयी थी। ऊपर की खिड़कियाँ दरवाज़े जलने से दीवारें स्याह हो गयी थीं। फ़ौजी ने लखबीरे की तरफ़ देखा। वो पहले से वहीं देख रहा था। बोला :

''उजड़ी हुई लगती है।''

''कोई होगा वहाँ। रहता होगा कोई?''

''लगता तो नहीं। ओट भी है। और शायद कोई नल मिल जाये। कुआँ भी हो सकता है। पानी तो मिल ही जायेगा।''

फ़ौजी ने ट्रक मोड़ लिया उस तरफ़!

ट्रक गेट के बाहर ही खड़ा कर लिया। और एहतियातन ट्रक का मुँह भी सड़क की तरफ़ मोड़ कर रखा। लखबीरे ने कहा :

''कोई होता तो ट्रक की आवाज़ सुन कर निकल आता।''

बड़ा सोच समझ कर उतरे दोनों। फ़ौजी और लखबीरा। लखबीरे ने कहा ज़रूर।

''तू बैठा रह स्टेरिंग पर... मैं देखता हूँ।'' लेकिन फ़ौजी साथ ही उतर गया।

कोठी के काफ़ी अन्दर दाख़िल हो गये, तब परली तरफ़ से एक पठान नमूदार हुआ। बड़ी-सी लाठी हाथ में लिये... कूकूं वाली।

''ओये कौन आया है ओये?'' उसके अन्दाज़े से लगा जैसे किसी और की उम्मीद थी उसे। ''तुम कौन है?''

''ख़ान पानी चाहिये। कुछ सवारियाँ हैं मेरे साथ। प्यासी हैं।'' पठान ने पहली बार ट्रक की तरफ़ ध्यान दिया। ट्रक बाहर खड़ा था। अचानक उसकी आवाज़ करख़्त हो गयी।

''क्या लेने को आया ऐ तुम लोग? क्या पेशा करता है? ओये अल्लाह का मार पड़ेगा तुम लोगों पर। निकल जाओ। बाहर निकल जाओ तुम लोग।''

ख़ान की आवाज़ में ग़ुस्सा भी था। ख़ौफ़ भी था। उसका चेहरा एकदम लाल हो गया। शायद लाठी भी उठा लेता, लेकिन फ़ौजी के लहजे ने उसे क़ाबू में कर लिया।

''हम दंगई नहीं हैं ख़ान। क़सम अल्लाह की, हम सब लोग मजबूर रेफ़्यूजी हैं। औरतें हैं, बच्चे हैं हमारे साथ। हम तो...''

अचानक अन्दर से कुछ आवाज़ें आने लगीं। कोई अन्दर बन्द था। पूछने पर ख़ान से एहवाल मालूम हुआ। किसी कवीशर सिंह की कोठी है। कुछ दंगइयों ने जला दी थी। कुछ दिन से चन्द लोगों ने दो औरतों को लाकर यहाँ बन्द कर दिया है। ख़ान बोला :

''बदफ़ेली करता है उनके साथ। मारता-पीटता है। और फिर बाँध के चला जाता है। अम को धमकी देके रखा है।''

''तो तुम क्या कर रहे हो यहाँ?''

''ओये सरदार साहब हमको चौकीदारी के लिए रखा था इधर। आयेगा तो अम क्या जवाब देगा उसे?''

मासूम पठान अपना फ़र्ज़ निभा रहा था। उसे नहीं मालूम था कि मुल्क का बटवारा हो रहा है। आज़ादी आ रही है और कवीशर सिंह अब कभी नहीं आयेगा।

फ़ौजी ने समझाया। बहुत समझाया। वो बार-बार अपने ईमान और ख़ुदा की बात करता था। लखबीरे ने एक बड़ी-सी रुपयों की गड्डी निकाल के उसकी जेब में ठोंसी और कहा।

''ख़ान, ख़ुदा के लिए अपनी जान बचाओ। ये रुपया लो और काबुल वापस लौट जाओ। कहाँ से हो तुम?''

ख़ान फटी-फटी आँखों से उन्हें देखता रहा। फिर अचानक फ़ौजी का हाथ पकड़ के बोला।

''ओये सुनो... तुम भी मुस्लमान ऐ। एक और नेक काम कर जाओ। वो दो हिन्दू औरतों को निकाल कर ले जाओ।

उधर... उस तरफ़... किधर भी... पहुँचा दो। वो लोग... हराम का तख़म फिर आयेगा और बदफ़ेली करेगा और बाद में बेच देगा, नहीं तो मार डालेगा उनको...''

वो अपना जुमला पूरा न कर पाया। फ़ौजी उसका हाथ पकड़ के कोठी के अन्दर चला गया।

दोनों जवान लड़कियाँ थीं। और बहनें थीं। एक ही-सी लगती थीं। उम्र से शायद ऊपर तले होंगी। ट्रक पर चढ़ने तक उनकी कपकपी बन्द न हुई।

तिवारी ने नाक भवें चढ़ाईं।

''हम से तो बड़े भाव-ताव किये थे फ़ौजी। अब राह पड़ी सवारियाँ भी उठाने लग गया। क्या करेगा इनका?''

फ़ौजी का जबड़ा भींच गया। शायद फट पड़ता। लेकिन फ़ौजी ने एक लफ़्ज़ नहीं कहा। उसके तेवर देखकर और कोई नहीं बोला।

ट्रक फिर चल पड़ा। सुकड़ी बैठी थीं दोनों लड़कियाँ... उनमें से एक मुँह ही मुँह गुर्बानी का पाठ करने लगी। दोनों के हाथों में लोहे के कड़े थे। शायद सिख थीं।

दोनों के दुप्पटे शायद वहीं रह गये थे कोठी में। या उन्हें बाँधने खोलने में फट-फटा गये होंगे। जब काफ़ी आगे निकल

गये तब ख़याल आया कि पठान की अफ़रातफ़री में पानी तो लिया ही नहीं।

चौक से चले फ़ौजी को आधा दिन गुज़र गया था।

चौक से चल के पर्भाती वालों को भी आधा दिन गुज़र गया था। वो सब गुरुद्वारे में पहुँच चुके थे। अवतारा और उसकी पत्नी सत्या भी! उन्हें फ़िक्र थी मास्टर जी की। बीजी की फ़िक्र कम थी कि वो एक डेरा वाले परीवार के साथ थीं। लेकिन मास्टर जी...

मास्टर करम सिंह मुँह अन्धेरे ही उठ गये थे। सच तो ये है कि सोये ही नहीं। कोई झपकी आयी हो तो पता नहीं।

कैनवेस के कथई रंग के जूते उन्होंने चुपचाप निकाल के बिस्तर की तलाई के नीचे रख लिये थे। बड़े पुराने थे। उस ज़माने के जब स्कूल की पी.टी. की जमात लिया करते थे। जूते कुछ सुकड़ गये थे। कुछ पाँव बड़े हो गये थे। लेकिन मुँह अन्धेरे तीन बजे ही दबे पाँव उठे और जूते निकाल के पहन लिये। कुछ देर जूतों समेत ही बिस्तर पे लेटे रहे। आस पास सूँघते रहे। जब अवतारा और सत्या के हल्के-हल्के ख़राटे सुन कर पूरा यक़ीन हो गया के वो जगेंगे नहीं। तो वो उठे। 'वाहेगुरु' कह के बाहर की कुंडी खोली और बाहर निकल कर दरवाज़ा भेड़ दिया। काफ़ी दूर तक दबे पाँव ही गली पार की। फिर इलाक़े के बाहर निकल कर दौड़ शुरू कर दी। फज्जू से गंजे तलाव पे मिलने का वादा था। तलाव कम से कम एक घंटा दूर था। जो अन्दाज़ा लगाया था दौड़ का, उससे पहले ही हाँपने लग गये। बीच में उम्र के गुज़रे सालों का अन्दाज़ा नहीं लगाया था। फिर भी वक़्त से बहुत पहले निकल आये थे घर से। इसलिये यक़ीन था। फज्जू को फड़ लेंगे। फज्जू ने कहा था।

''भापाजी हालात अच्छे नहीं हैं। गली में आया तो गड्डे की आवाज़ सबको जगा देगी।''

और वो तो यूँ भी बच्चों को बग़ैर बताये जा रहे थे बीवी को लेने। वरना वो क्या जाने देते?...

फज्जू जब पहुँचा, अभी अन्धेरा था और मास्टर जी पहुँच चुके थे। थक के बोढ़ तले बैठ गये थे। फज्जू को आवाज़ लगानी पड़ी। जब गड्डे की आवाज़ भी ऊँची लगती थी। डर लगता था। कहीं सूरज भी उठ न जाये।

कैम्बलपुर से तो निकल आये लेकिन दिन चढ़ा तो, दिल की धड़कन भी तेज़ हो गयी। पहला गाँव निकला। दूसरा निकला। तीसरे गाँव में देखा, कुछ लोग मस्जिद से फ़जर की नमाज़ पढ़ के गाँव की तरफ़ जा रहे थे। डेरा अभी दूर था। कुछ नौजवान लड़कों ने आगे बढ़ के गड्डा रोक लिया।

''सरदार को कहाँ ले जा रहा है बे?''

करम सिंह खड़े हो गये। कुर्ते में छुपी कृपाण को और छुपा लिया। लेकिन फज्जू ने गन्दी-सी दो गालियाँ दीं और बोरी के नीचे से तलवार खींच ली। लड़के बुदक कर पीछे हट गये। फज्जू ने हवा में नंगी तलवार लहराई और गड्डा भगा लिया। शायद निहत्ते थे सब। किसी ने पीछा नहीं किया।

फज्जू गड्डे को दौड़ाता हुआ डेरा में दाख़िल हुआ और सीधा निहाल सिंह के घर के सामने लाकर खड़ा कर दिया। घर गली में था और गली दोनों तरफ़ से खुली थी। फज्जू ने उनके उतरते ही कहा।

''भापाजी बीबी को आज ही लेकर मत जाईये। कुछ दिन रुक जाइये समधियों के पास। रास्ता ख़तरे से ख़ाली नहीं है।'' और जवाब सुने बग़ैर ही गड्डा चला दिया।

काफ़ी देर तक दस्तक देने के बाद दरवाज़ा खुला। ग़ुलाम ने खोला। और सबसे पहले भौंकता हुआ 'टाईगर' निकला। मास्टर जी को देखते ही, ग़ुलाम ने जल्दी से उन्हें अन्दर लेकर दरवाज़ा बन्द कर लिया। घर ख़ाली लग रहा था।

करम सिंह पर तो बिजली ही गिर पड़ी जब मालूम हुआ कि उनकी पत्नी हरनाम कौर समधियों के साथ बॉर्डर के लिए रवाना हो चुकी हैं।

''कैसे गये?''

'' 'डेरा जमाली' से ट्रेन निकल रही थी। यहाँ के ज़मीनदार ने अपनी हिफ़ाज़त में ले जाकर स्टेशन तक पहुँचा दिया। हमें कह गये थे आपको ख़बर कर दें। लेकिन इन हालात में वहाँ तक जायें कैसे? साईकल पर निकलना तो बहुत ख़तरे वाली बात थी।''

उसी वक़्त हरीराम बाहर निकला। उसे देखकर मास्टर जी हैरान हुए। ''ये नहीं गया?'' हरीराम घर का बहुत पुराना नौकर था।

हरीराम ने पिच्की-सी तुर्की टोपी पहन रखी थी। उसके आँसू निकल आये। ग़ुलाम ने बताया। उसने टाईगर को यहीं छोड़ के जाने से इन्कार कर दिया। टाईगर उनका पालतू कुत्ता था।

हरीराम ने कहा। ''उसे यहाँ छोड़ कर कैसे जाता। इतना-सा था मेरी हथेलियों के बराबर जब आया था और मैंने...'' वो अपना जुमला पूरा न कर पाया। और आँसू बह गये।

''और तुम्हें देख लिया किसी ने तो?''

उसने फ़ौरन टोपी उतार के सर दिखाया।

''मैंने बोधी काट दी है—और ग़ुलाम ने ये टोपी दे दी है।''

''मतलब इस कुत्ते के लिए तुम...''

''कुत्ता क्या सरदार जी...? पाला है बेटे की तरह! कहेंगे तो मुसलमान हो जाऊँगा। लेकिन इसे छोड़ कर मैं नहीं जाऊँगा।''

टाईगर भी ज़बान निकाले, हरीराम के पास आकर बैठ गया था। करम सिंह ने टाईगर के सर पे हाथ फेरा। उन्हें वो पहचानता था।

दिन काटना मुश्किल हो गया। अब वापस जायें तो कैसे? एक बार सोचा, ज़मीनदार से घोड़ी माँग लें। फिर वापस कैसे करेंगे? उधेड़बुन में दिन निकल गया।

रात बिस्तर पर लेटे-लेटे तड़पने लगे करम सिंह। आख़िर वही किया जो अपने घर पे किया था। आधी रात गुज़र चुकी थी। चुपचाप उठे, बाहर का दरवाज़ा खोला और वापस कैम्बलपुर

की तरफ़ निकल पड़े। आधे चाँद की रौशनी में जहाँ-जहाँ खेतों से गुज़रती पगडंडी नज़र आयी, वो पकड़ ली और फिर कच्ची सड़क का रास्ता पकड़ लिया। लेकिन इसी में कहीं रास्ता भटक गये, और पता तब चला जब मस्जिद के पहरे से लौटते दो पहलवानों ने उन्हें खेतों से निकलते देख लिया।

ये 'बुँदयाला' गाँव के बाहर था। गाँव मुसलमानों का था, और सिख को ऐसी मश्कूक हालत में निकलते देखकर फ़ौरन मारधाड़ पे उतर आये। आँखों में ख़ून उतर आया। करम सिंह भी सच न बोल कर, कोई अच्छा बहाना बनाने के चक्कर में और उलझ गये। तलवारें, कुल्हाड़ियाँ दोनों पहलवानों ने खींच ली थीं। पगड़ी उतार के फन्दा गले में डाल दिया। उसी वक़्त पीछे से एक तगड़े से आदमी ने आकर रोक दिया।

''ओये ओये ठहर जा। ये तो मेरा शिकार है। मैं जानता हूँ इसे।''

''कौन है?''

''पुराना इन्क़लाबी है ख़ाल्सों का। कैम्बलपुर का है। मुझे भी एक हिसाब चुकाना है। छड़ दे।''

उसके हाथ में भी एक चौड़े फल्ले वाली कुल्हाड़ी थी। फ़ौरन पगड़ी का फन्दा, लगाम की तरह पकड़ा और एक दूसरी पगडंडी पर डाल लिया।

''चल आ सरदारा!... बड़ा पुराना हिसाब चुकाना है तेरे साथ।''

पहरेदारों ने एहतियातन कह दिया।

‘‘ध्यान रक्खीं... इदी कृपाण तां असांने कुड्ड लित्ती आ... !’’

उनके गले से उतारी कृपाण दिखा दी और सामने गाँव की तरफ़ चल दिये। तगड़े वाले ने एक ठड्डा मारा और तेज़-तेज़ हाँक लिया। ‘‘ओये चल !’’

‘‘क... क... कहाँ... जाना है ?’’

‘‘चल कहा तुझे ! ज़बहख़ाना है ना, गाँव के बाहर।’’

कोई क़साई था। कुछ घरों की बस्ती थी। एक घर में धकेला और दरवाज़ा फ़ौरन बन्द कर दिया। सबसे पहले बीवी निकली उसकी। वो चीख़ ही पड़ती कि उसका बाप निकल आया।

‘‘ओये बाक़र !... ये क्या है ? किसे ले आया ?’’

करम सिंह के मुँह पर बाल खुल गये थे। फन्दा बाक़र ने खोल दिया और ये कह के चुपचाप खड़ा हो गया।

‘‘मस्जिद के पहरे वाले मारने लगे थे। मैं पकड़ के यहाँ ले आया।’’

बाक़र के बाप को देख कर मास्टर जी की आँखों में एक पहचान उतर आयी। वो अभी तक दालान में खड़े थे। आँसू भरी आँखें और रुँधी आवाज़ में मास्टर जी ने नाम लिया।

‘‘हश्मत ?...’’

हश्मत ने भी हाथ पकड़ा और अन्दर कमरे में ले गया। हश्मत पेशे से क़साई था।

एक ज़माने में, वो अपने बेटे बाक़र को पढ़ाना चाहता था। और उसे स्कूल में दाख़िल कराने गया था... कुछ कट्टर मज़हबी लोगों ने उसकी ज़ात की वजह से एतराज़ किया था। मास्टर जी ने सब से लड़ के उसे दाख़ला दिला दिया था। साल भर तो गुज़रा, लेकिन दूसरे साल फिर वावेला शुरू हो गया। करम सिंह डटे रहे अपने फ़ैसले पर, मास्टर फ़ज़ल ने बड़ी मदद की थी। लेकिन शहर के बड़े रईस राय बहादुर देसराज के रिश्वत देने पर, अंग्रेज़ अफ़सर ने भी उसे निकालने की मन्ज़ूरी दे दी... स्कूल से ख़ारिज होने के बाद भी मास्टर करम सिंह बाक़र को एक साल तक अपने घर पे पढ़ाते रहे। आख़िरकार बाक़र ख़ुद ही पढ़ाई से भाग लिया और पहलवानी के दंगल लड़ने लगा।

करम सिंह को उतावली थी कैम्बलपुर पहुँचने की। बच्चे शायद अभी तक गुरुद्वारे में हों। इतनी जल्दी तो कारवाँ नहीं निकला होगा। लेकिन हश्मत राज़ी न हुआ। उसका कहना था कि छोटा-सा गाँव है और अब तक सुबह के वाक़्ये की ख़बर फैल चुकी होगी। कोई दरवाज़े पर आया भी था बाक़र को पूछने। लेकिन हश्मत ने कह दिया वो रात से लौटा नहीं। हश्मत ने नहाने धोने के बाद अपना तहमद वाला जोड़ा पहना दिया करम सिंह को और कहा दाढ़ी खुली रखें। सर के जूड़े का क्या करता?... चुप रहा... !

दोपहर के पास एक और वाक़्या हो गया। बुँदयाला से परे की सड़क जो जी.टी. रोड की तरफ़ जाती है, वहाँ से एक लम्बा कारवाँ मिल्टरी के ट्रकों का गुज़रा। हिन्दू और सिख मुल्क ख़ाली कर के जा रहे थे। लोग छतों पर चढ़ गये देखने के लिए। मास्टर जी भी देखना चाहते थे। बहुत तड़पे तो हशमत ने फ़रवाली पठानी टोपी सर पर पहना दी।

सारे गाँव में एक सर्गोशी-सी दौड़ गयी। ‘‘हिन्दू सिख चले गये...’’ लेकिन बहुत लोगों के गले रुँध गये। कुछ आँखें बह भी गईं... कोई बहुत बिछड़ गया था। हिन्दू सिख चले गये। कुछ था जो हमेशा के लिए सूना कर गये।

मिल्ट्री के ट्रकों का कारवाँ रेफ़्यूजियों को लेकर, जी.टी. रोड की तरफ़ मुड़ गया। इसी मोड़ के लिए फ़ौजी ने लखबीरे से पूछा था... और कहा था। ''मूसा ख़ैल, की तरफ़ से निकलते हैं आगे चल के देखेंगे, ठीक लगा तो जी.टी. रोड पकड़ लेंगे।'' लेकिन फिर लौट कर वो जी.टी. रोड की तरफ़ नहीं गया। शहर 'ख़ोरदा' से गुज़रने के बाद, और कवीशर सिंह की कोठी से निकल कर रास्ता हिलता-डुलता तो था लेकिन ख़तरे से दूर था। सिर्फ़ ट्रक के पीछे से एक परेशानी हुई, जब सिख बाब्बे ने पाजामे में पेशाब कर दिया। काके को सख़्त शर्मिन्दगी हुई।

''ओ ईह की कित्ता ई बाब्बे।'' उसे कुछ समझ नहीं आया। बाब्बे ही की पगड़ी उतार के उससे जगह पोछने लगा। और क्या करता? बाब्बे का मुँह आधा खुला था और नींद में था। लोगों ने अपने मुँह ढाँप लिये थे। लेकिन पन्ना ने काके के सर पे हाथ फेरा। साथ बिठाया। और सीली पगड़ी लपेट कर बाहर फेंक दी। और ख़ालिस पंजाबी में बोली। ''सुट दे काका! होर आ जायेगा।''

देसराज ने धीरे से फ़ौजी को ख़बर दी। उसने ट्रक एक तरफ़ रोक लिया... और आकर पीछे का फट्टा खोल दिया।

''किसी को टट्टी पेशाब करना है तो कर लो भई।''

नुची-खुची खेतियाँ और दूर तक कच्चे रास्ते का मन्ज़र था। आगे छदरा जंगल नज़र आ रहा था। कुछ उतरे, कुछ नहीं उतरे। तिवारी ने पूछा।

''अन्दाज़न कब तक पहुँचेंगे?''

''कहाँ... ?''

''मतलब... हम कहाँ जा रहे हैं?''

''तुझे नहीं मालूम?'' फ़ौजी के लहजे में कर्ख़ती थी।

''मैंने तो दिल्ली जाना है। उसी के लिए पैसे दिये थे।''

''पैसे तो तेरी... दिल्ली तो मैं नहीं जाऊँगा। जहाँ भी सब को लगा कोई बॉर्डर आ गया है। और अब महफ़ूज़ हैं, वहीं उतार दूँगा। और बॉर्डर कहाँ है किस जगह का नाम है। मुझे नहीं मालूम। तुझे मालूम है तो तू बता दे।''

फ़ौजी टहल कर ख़ुद ही एक पेड़ की आड़ में चला गया।

वहाँ से चले मुश्किल से आधा घंटा हुआ था कि अचानक फ़ौजी ने ट्रक रोक दिया। सबके चेहरों पर सवाल उतर आये। लखबीरे ने देखा फ़ौजी की तरफ़। दूर लकड़ी की बॉडी वाली स्टेशन वेगन बीच रास्ते में आड़ी खड़ी थी। रास्ता रोक कर।

''आस-पास कोई नज़र तो नहीं आता।'' फ़ौजी ने कहा।

''ये गाड़ी वही लगती है।''

''कौन-सी?''

''सुबह हम को ओवरटेक कर के गुज़री थी।''

''कोई था उसमें?''

''भरी हुई थी! कोई सिख परीवार था। औरतें बच्चे भी नज़र आये थे।''

''अब तो कोई नज़र नहीं आता।'' और फिर वक़्फ़ा लेकर बोला फ़ौजी।

''ऐसा तो नहीं रास्ते में लूटे गये हों?''

''हो सकता है। गाड़ी ही फ़ेल हो गयी और छोड़ के चल दिये हों...''

और अन्दाज़े लगाने की बजाये फ़ौजी धीरे-धीरे आगे बढ़ने लगा। जब काफ़ी क़रीब पहुँच गया तो कुछ मुंडियाँ, गाड़ी में नमूदार हुईं। दो सरदार गाड़ी के पीछे से निकल के सामने आ खड़े हुए। दोनों के हाथों में बन्दूक़ें थीं। फ़ौजियों जैसी वर्दियाँ पहन रखी थीं। लेकिन बिल्ला बटन कुछ नहीं।

फ़ौजी के रुकते ही दोनों सामने आ गये। कार में अब पूरा परिवार नज़र आने लगा। एक सरदार ने सामने आते ही साफ़ कहा।

''हमारा पेट्रोल ख़त्म हो गया। पेट्रोल है?''

फ़ौजी के साथ लखबीरा भी नीचे उतर आया।

''हमारे पास तो नहीं है।'' लखबीरे ने कहा।

दूसरे सरदार ने बात की। ''तो फिर टंकी में जितना है हम निकालेंगे। सीधी तरह नहीं दोगे तो टंकी फोड़ के निकाल लेंगे।''

फ़ौजी और लखबीरे ने देखा एक दूसरे की तरफ़। लखबीरा बोला।

''एक कनस्तर है। पाँच गेलन का। आधा ले लो। उसने झुक के ट्रक के नीचे से चपटा कनस्तर बाहर किया। पहले सरदार ने एक लफ़्ज़ भी कहे बग़ैर, कनस्तर हाथ से ले लिया और अपनी गाड़ी की तरफ़ चला गया। दूसरा बन्दूक़ लिये उनके सामने खड़ा रहा। पहले ने पूरा कनस्तर अपनी टंकी में उन्डेला। गाड़ी स्टार्ट की और ख़ाली कनस्तर को दूर फेंकते हुए दूसरे को आवाज़ दी।

''आ जा बल्लिया!''

लखबीरे ने बढ़ के पकड़ लिया बिल्लू को।

''तेरी तो... हरामज़ादे, जाता कहाँ है?... पूरा डिब्बा...''

बिल्लू ने धक्का दिया, लखबीरे को और भागा। लेकिन लखबीरा फिर खड़ा हो गया। अचानक पहले सरदार ने गोली दाग़ दी। दूसरे ने फ़ौजी पर चला दी। जो चूक गयी। एक और गोली लगी लखबीरे को और वो वहीं ढेर हो गया... गोली उसके सीने से गुज़र गयी।

ट्रक की सवारियों में से कोई नहीं उकसा। साँस रोके सब देखते रहे... और स्टेशन वेगन आँख से ओझल हो गयी...

फ़ौजी लखबीरे की लाश पे गिरा। वो दम तोड़ चुका था।

रो रो के सर पीट के गालियाँ दीं उसने। पता नहीं किस को दीं, किस को लगीं... आहिस्ता-आहिस्ता ट्रक से तक़रीबन सब बाहर आ गये।

क़रीब एक घंटा लग गया, फ़ौजी को होशोहवास ठीक करते। उसी यार के लिए तो वो उस सफ़र पर निकला था। उस का बस चलता तो वो ट्रक की चाबियाँ वहीं फेंक कर, किसी तरफ़ भी पैदल चल देता। लेकिन बच्चे थे। औरतें थीं। सब उसकी तरफ़ देख रहे थे। ड्राइवर के ऊपर वाले छत पर बिस्तर था लखबीरे का। कुछ और छोटे डब्बे थे पेट्रोल के। सब उतार के नीचे फेंके फ़ौजी ने।

लाश को उसी के बिस्तर में लपेटा। आस-पास से कुछ लकड़ियाँ उठानी शुरू कीं। देसराज ने सलाह दी कि थोड़ी मिट्टी खोद कर लाश को दफना दें। वरना बहुत देर लग जायेगी। सूरज आसमान के ढलान पर आ चुका था। लेकिन फ़ौजी ने इन्कार कर दिया।

''सिख था मेरा दोस्त! उसे जला कर ही जाऊँगा। जिसे जल्दी है, वो चला जाये।''

तिवारी फिर खड़ा हो गया।

''चला कैसे जाये? रुपये दिये हैं। मुफ़त नहीं ले के जा रहा तू।''

फ़ौजी को ख़याल आया। लखबीरे ने रुपये तकिये के ग़िलाफ़ में भर के ग़िलाफ़ बिस्तर में लपेट दिया था। ज़मीन

से ग़िलाफ़ उठाया जिसमें नोट भरे थे। और मुट्ठी में नोटों की गड्डियाँ भर के फेंक दीं उस पर।

‘‘उठा अपने रुपये! ऊपर से और ले ले। मैं नहीं ले के जाऊँगा तुझे।’’ उसने पूरा ग़िलाफ़ उसकी तरफ़ फेंक दिया।

लालाजी का बड़ा लड़का, बहुत-सी मोटी-मोटी डालियाँ उठा कर ले आया। अचानक ही बड़ा हो गया था वो। पत्तों समेत वो डालियाँ अधबनी चिता पर फेंक दीं। फ़ौजी ने पेट्रोल का डिब्बा उठाया और तक़रीबन सारा ही लाश और लकड़ियों पर उन्डेल दिया।

देसराज ने कहा था। ‘‘सारा मत डाल शायद आगे चल कर...’’ लेकिन फ़ौजी की आँखें देख कर चुप हो गया। फ़ौजी ने चिता को आग लगा दी। दो ज़ानों बैठ कर, दोनों हाथ उठा कर फ़ातेहा पढ़ा। और आँखें पोंछता हुआ ट्रक की तरफ़ मुड़ा। सब चढ़ने लगे। पन्ना से कहा उसने। ‘‘तू आगे आजा। सामने बैठ जा।’’

तिवारी अभी तक वहीं खड़ा था। फ़ौजी फट्टा चढ़ाने लगा। तिवारी आगे बढ़ा तो उसने धक्का दे कर परे फेंक दिया।

‘‘हट जा—जा के मर जंगल में।’’

‘‘ओ सुन—फ़ौजी मेरी बीवी है ट्रक में। तू रख ले ये सब...’’

उसने रुपये बढ़ाये तो फ़ौजी ने लात मार के नोटों का पूरा ग़िलाफ़ जलती हुई लाश पर फेंक दिया। उचक कर पूछा उसकी बीवी से।

''मरना है तुझे? मरना है उसके साथ?''

पीली ज़र्द बीवी के मुँह से आवाज़ नहीं निकलीं बस 'न न' में हाथ हिलाती रही। रोई भी, पर ट्रक में सुकड़े बैठ गयी।

ट्रक चल दिया...! और तिवारी चिता पर जलता हुआ नोटों का ग़िलाफ़ देखता रहा।

ट्रक काफ़ी आगे निकल आया। फ़ौजी और पन्ना की ख़ामोशी टूट चुकी थी। पन्ना ने कुछ पूछा—और फ़ौजी कह रहा था।

''नवाब जौनपुर की रखैल थी मेरी माँ। गाती थी। बहुत अच्छा गाती थी, तेरी तरह!!''

फ़ौजी, ट्रक में साथ बैठी पन्ना को बता रहा था... सूरज आहिस्ता-आहिस्ता मद्धम होने लगा था। आसमान में बादल गीले पोतड़ों की तरह लटके हुए थे। इलाक़ा कुछ पहाड़ी लग रहा था। ट्रक चढ़ते हुए काफ़ी ज़ोर लगा रहा था। फ़ौजी ने बात आगे खींची।

''एक बार जब हमल ठहर गया, और नवाब पेट गिराने के लिए ज़िद करने लगा तो अम्माँ अपने रबाब वाले के साथ भाग कर रावलपिंडी चली गयी।''

''रावलपिंडी, क्यों? वहाँ की थी?'' पन्ना ने पूछा।

''नहीं... थी तो उधर ही कहीं की! जौनपुर से दूर था रावलपिंडी इसलिये... और रबाबिये का कोई रिश्तेदार था वहाँ... शायद!''

पन्ना कुछ देर देखती रही उसके चेहरे की तरफ़! उस पर कोई परछाईं जज़्बे की, न आयी, न गयी... फिर वो ख़ुद ही बोला।

''भला आदमी था रबाबिया, मरने से पहले कहा करता था। 'रबाब छोड़ और कुछ तो सीखा नहीं था। कहाँ जाता? ऊपर से तू गोद में आ पड़ा। मैं किसी कोठे पर बजाने को तैयार न था। कुछ दिन ताँगा चलाया, ग़रीबी ने बहुत कूटा। तेरी माँ ने नवाबी देखी थी। ग़रीबी सह न सकी और वापिस चली गयी, जौनपुर! मैं क्या करता? तुझे कैसे पालता?... दुनियादारी तुमने ख़ुद ही सीख ली! ग़रीबी सिखा देती है'।'' फ़ौजी फिर चुप हो गया।

दबी-सी आवाज़ में पन्ना ने कहा। ''मैं तो मेरासिन थी। तू तो नवाबज़ादा है।''

फ़ौजी ने गर्दन घूमा के देखा। पन्ना बोली :

''हाँ... नवाब ही की औलाद हुआ नां?''

''हाँ... एक हरामी नवाबज़ादा!''

ट्रक चढ़ाई के काफ़ी ऊपर आ गया था। लाला देसराज ने चौकोर खिड़की से झाँक कर कहा।

''मियानवाली अब बहुत दूर नहीं फ़ौजी। वहाँ पहुँच गये तो... तो आगे पूँछ और फिर जम्मूँ!''

थोड़ी चढ़ाई अभी और बाक़ी थी। ट्रक हिचकोले खाता ऊपर चढ़ रहा था। सूरज बड़ी तेज़ी से नीचे फिसल रहा था। अचानक बहुत दूर से आती गुनगुनाहट जैसी कुछ आवाज़ें सुनाई दीं... ट्रक रोक कर देखा सब ने। पहाड़ के बहुत नीचे से एक क़ाफ़िला रेफ़्यूजियों का निकल रहा था। ऊँचाई की वजह से और भी छोटा नज़र आता था लेकिन तसदीक़ था कि फ़ौजी अपने मुसाफ़िरों के साथ सही रास्ते पर है!

आसमान का रंग लाल होना शुरू हो गया था। मील डेढ़ मील और चढ़ कर ढलान शुरू हो जायेगी। लेकिन चढ़ान के ख़त्म होते ही ट्रक के एक टायर ने जवाब दे दिया। ट्रक सामने की तरफ़ झुक गया।

''कुछ देर रुकना पड़ेगा।'' फ़ौजी ने कहा। बारिश के आसार बन रहे थे। कुछ दूर एक उजाड़-सा खँडहर दिखाई दे रहा था। फ़ौजी ने कहा।

''उतर जाओ। टायर बदलते वक़्त लगे। सामने खँडहर है। देख लो अगर...''

उसने जुमला अधूरा छोड़ दिया और गुड्डू को उठा कर उतार लिया।

खँडहर में शराब की टूटी-फूटी ख़ाली बोतलें बिखरी पड़ी थीं। ये जगह ज़रूर लुटेरों ने इस्तमाल की होगी। लेकिन भला हो लुटेरों का एक मटका पानी का मिला सबको।

अन्धेरा बढ़ने लगा था। और हल्की-हल्की फुवार शुरू हो गयी। ट्रक की स्टेपनी उतारते हुए, फ़ौजी को लखबीरा बहुत याद आया। कैम्बलपुर याद आया। कानी खिड़की याद आयी। कैम्बलपुर में अब कौन रह गया। सभी तो चले गये।

ये सोच कर अजीब लगा उसे, कैम्बलपुर में अब कोई हिन्दू, कोई सिख नहीं होगा। लखबीरा भी नहीं। पाली भी नहीं!

सिर्फ़ मास्टर करम सिंह अभी तक कैम्बलपुर लौटने की कोशिश कर रहे थे। वहाँ भी शाम हो चुकी थी। रात उन दिनों ऐसे ही उतरती थी जैसे कोई जाल फैला रहा हो।

हशमत ने दिन भर उन्हें रोके रखा। उसने वादा किया था वो ख़ुद उन्हें वहाँ तक छोड़ कर आयेगा। जब रात उतरने लगी तो मास्टर जी की बेचैनी भी बढ़ने लगी। पिछली दो रातें उनकी ऐसे ही गुज़री थीं। दिन निकलने से पहले उठ के भाग लिये थे। आँखों के पपोटे जागते-जागते सूख गये थे। जलन होने लगी थी। लेकिन नींद नहीं थी आँखों में।

आधी रात में उठकर हशमत ने अपना घोड़ा तैयार किया। बाक़र की ज़िद के बावजूद ये ज़िम्मेदारी उसने अपने ऊपर ले ली थी।

एहतियात के लिए मास्टर जी को अपनी सलवार-क़मीज़ दी और खेस ओढ़ा दिया। सर पे टोपी पहना दी।

तीसरा पहर था रात का जब घोड़ा दौड़ता गाँव से निकला। मस्जिद के पास से गुज़रे जहाँ पहरेदार भी थे और उनमें बाक़र भी था।

बिना ख़ौफ़-ख़तर हशमत ने कैम्बलपुर चौक पर उतारा करम सिंह को। वो गुरुद्वारे तक़ साथ चलना चाहता था।

लेकिन मास्टर जी ने क़सम देकर वापस भेज दिया। उन्हें उसकी ज़िन्दगी का डर था। बड़े तेज़ क़दम उठाते वो गुरुद्वारे पर आये तो दंग रह गये। दो ग्रंथी रुके थे। बाक़ी सब जा चुके थे।

फिर वो रुके नहीं वहाँ। पहले सोचा फ़ज़ल के यहाँ चले जायें, मगर क़दम अपनेआप ही उठते गये और वो अपनी गली में दाख़िल हो गये। कहीं कोई आहट नहीं हुई। कोई नहीं मिला। कैम्बलपुर जैसे ख़ाली हो चुका था। सहमे-सहमे से अपने दरवाज़े के सामने आकर खड़े हो गये। दरवाज़े को ठेला खुल गया। जैसा बच्चे छोड़ कर गये थे। अन्दर आये तो दरवाज़ा बन्द कर लिया। भूरी भैंस की जगह ख़ाली थी। बहुत देर आंगन में बैठे रहे। आँखों में नींद उतरने लगी।

फिर उठे और कमरे में दाख़िल हुए तो यकदम साँस रुक गयी। बिस्तर पर बीवी आँखें खुले मरी पड़ी थी... मुँह से नीले थूथे की झाग बहते-बहते तकिये पर सूख गयी थी। दिल मसोस कर वहीं बैठ गये। न पास गये। न छुआ उसे। न उसकी आँखें बन्द कीं। अजीब-सा एक चैन आ गया। दास्तान पूरी हो गयी... !

सूरज की लाली उघड़ने लगी थी जब उठे। आंगन में चीरी हुई लकड़ियाँ जमा कीं। जो कई रोज़ तक काटी थीं। चिता तैयार की। रसोई से ख़ालिस घी के डब्बे पतीले में ख़ाली किये, और अच्छी तरह लकड़ियाँ सेंजुईं।

अन्दर जाकर पत्नी के दह को चद्दर से ढाँपा। उसकी मिट्टी-कंकर से फटे पाँव बता रहे थे वो कितना भागी होगी। लहू की लकीरें जमी हुई थीं। लाकर उसे चिता पर डाला। चिता जलाई और उसी से सर लगा कर बैठ गये।

सूरज ने आँख खोल दीं...!

खँडहर में झाँक कर देखा। दीवार के साथ फ़ौजी की भी आँख लग गयी थी। फ़ौजी उठ कर खँडहर की छत पर आया तो पन्ना अपने दुप्पटे की बुकल मारे पहले से वहाँ बैठी हुई थी। ज़रा-सी हिली जब वो आकर पास बैठ गया।

ऊपर ही से नज़र दौड़ा कर देखा। ट्रक के दोनों पहिये बैठ गये थे। ट्रक दो ज़ानों बैठा हुआ था। स्टेपनी दूर पड़ी थी। थोड़ा कुछ सामान बिखरा नज़र आया। ज़्यादा कुछ नहीं।

पन्ना से पूछा। ''कब गये... सब?''

''कोई कारवाँ उधर, बायें तरफ़ से मशालें जलाये रात को गुज़र रहा था। एक एक कर के सभी निकल गये। ट्रक के आगे जाने की उम्मीद तो टूट ही चुकी थी।''

''मैं भी दीवार से टेक लगाये ऊँघता रहा। किसी को रोका नहीं।''

वो खड़ा हो गया। चलता हुआ छत के दूसरे सिरे पर पहुँच गया। बग़ैर मुड़े आवाज़ दी पन्ना को।

''पन्ना इधर आ...!''

दायें तरफ़ देखा, उस तरफ़ से कई गुना बड़ा एक कारवाँ आ रहा था। दूसरी जानिब जा रहा था। लंगड़ाते हुए घिसटते

हुए। रेढ़यों पर, पैदल, सरों पर गठरियाँ लिये। जो देखते आ रहे थे, उनसे ज़्यादा बदहाल लगते थे।

''वो सब पाकिस्तान जा रहे हैं?'' फ़ौजी ने कहा।

''वो कहाँ है?'' पन्ना ने पूछा।

फ़ौजी के पास कोई जवाब नहीं था। ''बन जायेगा। अभी वक़्त है।''

बहुत देर खड़े उस कहीं ख़त्म न होने वाले कारवाँ को देखते रहे। फिर धीरे से, आकर उसी जगह बैठ गये जहाँ से उठे थे। फ़ौजी ने कहा।

''पन्ना तुझे बॉर्डर तक नहीं पहुँचा सकता। ये ट्रक तो अब यहीं दफ़न होगा।''

''और तू?... तू किधर जायेगा?''

उसी वक़्त काका ट्रक से दौड़ता हुआ आया। और नीचे से ही आवाज़ दी।

''ओ भई—मैया... मेरा बब्बा मर गया।'' उसने दोहराया।

''मेरा बब्बा मर गया। अब क्या करूँ?''

पन्ना ने आवाज़ दी। ''ऊपर आ जा पुत्तर... !''

छोटी-छोटी टुकड़ियाँ रेफ़्यूजियों की अभी तक पहाड़ के बायें तरफ़ से गुज़र रही थीं। काका ऊपर आया तो वो खड़ी हो गयी। गले लगा लिया उसे।

‘‘पुत्तर—तू मेरे साथ चल... !’’ उसने फ़ैसला कर लिया। और फ़ौजी से कहा।

‘‘हम चलते हैं।’’ और समझा दिया काके को बाबा का संस्कार फ़ौजी कर देगा।

‘‘अब यहाँ रुकने की ज़रूरत नहीं है बेटा।’’

पन्ना काके को लेकर, एक पगडंडी से बायें तरफ़ उतर गयी।

पन्ना के जाने के बाद, फ़ौजी उतरा खँडहर से, और बाब्बे की लाश को उसी उजाड़े में छोड़ कर, आहिस्ता-आहिस्ता क़दम उठाता हुआ पहाड़ की दायें तरफ़ मुड़ गया। जहाँ से एक लम्बा कारवाँ पता नहीं कहाँ जा रहा था।

भाग दो

आज़ादी पहुँच तो गयी, पर बुरी तरह लहूलुहान, ज़ख़्मी... जगह-जगह से जिस्म फट गया। कुछ अंग टूट गये। कुछ अटके रह गये। न इस तरफ़, न उस तरफ़,... और वो जो मास्टर फ़ज़ल दीन कहा करते थे। ''लाखों मग़रूर तवारीख़ के पाँव तले पिस गये। जिनके ज़ख़्म भरने में दहाईयाँ गुज़र गयीं। सदियाँ मुन्तज़िर थीं।''

बटवारा बापू की लाश पर होना था। सो वैसे ही हुआ। वो सबसे पहले गिराये गये। पिस्तौल की गोलियों से! और मारने वाला भी उन्हीं की मत का हिन्दू निकला। वो हिन्दुस्तान के राष्ट्र-पिता थे। Father of the Nation.

उसके बाद, मोहम्मद अली जिन्नाह गये... पाकिस्तान के क़ायदे आज़म! Father of the Nation. लगा दोनों मुल्कों के सर से बाप का साया उठ गया।

मास्टर फ़ज़ल ने कहा भी था, कुछ नाम रह जायेंगे। सो हुआ।... पाकिस्तान के पहले वज़ीरे आज़म, लियाक़त अली ख़ान, वो अपने ही लोगों के हाथ, गोली का शिकार हुए। तवारीख़ ने वो नाम भी सँभाल लिया।

कुछ साल ही गुज़रे थे। पचास की दहाई शुरू हुई—और हिन्दुस्तान के वज़ीरे आज़म, जवाहर लाल नहरू भी चल बसे। इतिहास ने एक और नाम सँभाल लिया।

दोनों मुल्कों की दहाइयाँ धीरे-धीरे लुढ़कने लगीं। सरहदों पर छापे पड़ने लगे। दोनों तरफ़ से। कभी फ़ौजियों की वर्दी में क़बीले और कभी क़बीलों के भेस में फ़ौजें।

फ़ज़ल मास्टर होते तो कहते लड़के स्कूल में दाख़िल हो गये हैं। एक दूसरे की तख़तियाँ तोड़ने लगे हैं। दवातें उन्डेल देते हैं। और पैन की निब से एक दूसरे के जिस्म पर ख़राशें डाल रहे हैं।

सरहदों से आये रेफ़्युजी, पहले कैम्पों में जमा हुए... और फिर धीरे-धीरे जंगल से निकलती पगडंडियों की तरह फैलने लगे। सुखी-गीली लकड़ियाँ चुन-चुन कर अपने-अपने चूल्हे जलाने की कोशिश करने लगे। सारा माहौल धुआँ-धुआँ था। भुखमरी, बेकारी और बेरोज़गारी अपनी इन्तेहा पर थी। इतने बेरोज़गार और भटके हुए लोग भी इतिहास ने कभी न देखे होंगे।

फ़ौजी के छोड़े हुए रेफ़्युजी निकले तो एक ही कारवाँ के साथ थे। लेकिन हिन्दुस्तान पहुँचने के बाद वो कारवाँ कई हिस्सों में बटता चला गया। और हिन्दुस्तान पहुँच कर अन्दाज़न ही कई सिम्तों में बिखरने लगा। कोई किसी गाँव को पहचानता था। कोई किसी शहर का नाम जानता था। बेशुमार लोग रेल की पटरियों के साथ-साथ चलते रहे। सिर्फ़ ये सोच कर के शायद कोई रेल आ जाये या कोई स्टेशन ही मिल जाये तो कोई सिम्त या मुक़ाम नज़र आये... जगह-जगह गाँव के अन्दर और बाहर रेफ़्युजियों के कैम्प नज़र आने लगे। मन्दिर

और गुरुद्वारे, शरणार्थियों से भरे नज़र आते थे। 'रेफ़्युजी' की जगह एक नया लफ़्ज़ सुनाई देने लगा। 'शरणार्थी'!

फ़ौजी के छोड़े मुसाफ़िर, हज़ारों-लाखों की फ़सल में चन्द चनों की तरह गुम हो गये।

कान्ता गुड्डू को उठाये अटारी से आगे निकल आयी। किसी पढ़े-लिखे ने कहा।

"बस पहुँच गये अमृतसर की हद में। यही सरहद होगी।"

तिवारी की बीवी दमयन्ती ने रास्ते में कई बार क़ै की थी। तेज़ बुख़ार में तप रही थी। लेकिन तिवारी के छूट जाने के बाद अब अपनी बहू कान्ता का पल्लू नहीं छोड़ती थी। गिरती पड़ती उसी के साथ लटकी रही। बहुत-से लोग चोट खा कर, या बुख़ार में भुन कर रास्ते में रुक जाते थे। पर कोई कारवाँ पूछने को भी नहीं ठहरा। शायद कुछ लोग मर भी गये हों, लेकिन कोई मातम को भी न रुकता था। पता नहीं दमयन्ती कैसे घिसटती चली आ रही थी... अमृतसर से पहले ही एक जगह पेट में दर्द का दौरा पड़ा और वो दोहरी हो कर एक पेड़ के नीचे गिर पड़ी। कान्ता ने एक पल देखा। शायद बेहोश हो गयी थी। गुड्डू को पीठ से उतारा और एक मिनट के बाद उसकी उँगली पकड़ कर आगे चल दी। कुछ क़दम चलकर बाक़ी थके-मांदे लोगों में शामिल हो गयी।

कान्ता ने अमृतसर के गुरुद्वारे 'हरमन्दिर साहब' में पनाह ली। गुरुद्वारे के लंगर में कम से कम दो वक़्त की रोटी मिलने का तो यक़ीन था। हालांके लोग हैरान होते थे के इस हाल में

इतनी दाल-रोटी और सेवादार कहाँ से आ जाते हैं। भीड़ बढ़ रही थी। कान्ता ने अपने दुप्पटे का एक सिरा गुड्डू की कमर से बाँध कर रखा हुआ था। इस भीड़ में बिछड़ जाने का ख़ौफ़ दिल से न जाता था। कुछ रोज़ बाद लंगर में खाना खाते-खाते ही गुड्डू की नज़र एक शख़्स पर पड़ी जो बौखलाया हुआ किसी को ढूँढ़ रहा था। उस शख़्स के मुँह पर पागलपन की हवाईयाँ उड़ रही थीं। दाढ़ी बढ़ी हुई थी। बाल कुछ बेतरतीबी से लटके हुए थे। गुड्डू को कुछ पहचाना-सा लगा। माँ को दिखा कर इशारा किया तो कान्ता की साँस अटक गयी। जल्दी से दुप्पटे का एक सिरा गुड्डू के चेहरे पर डाल दिया।

वही था। उसका ससुर था तिवारी। ये कैसे यहाँ पहुँच गया?... और बिना खाये वो मुँह छुपाये हुए गुड्डू को लेकर गुरुद्वारे से ही नहीं, कैम्प से बाहर निकल गयी।

बहुत परेशान थी कान्ता। माँ-बाप दिल्ली में रहते थे। कई दिन से कोशिश कर रही थी कि उन्हें ख़बर कर दे। डाकख़ाने बन्द पड़े थे। टेलीफ़ोन न आ सकते थे, न कहीं पहुँच पाते थे। सारे ऐक्सेंच फ़ेल हो गये थे। सब कहते अमृतसर के सी.टी.ओ. में जाओ। कोशिश करो। सिर्फ़ रेडियो चल रहा था। जिस पर सुबह छ बजे से लेकर रात बारह बजे तक सिर्फ़ शरणार्थियों के नाम, पते, ठिकाने सुनाये जाते थे। एक हिन्दू महासभा के वालिन्टर ने तफ़सील लेकर ब्रॉडकास्ट करवाने का वादा किया। लेकिन किस दिन उसकी बारी आयेगी ये नहीं कह सकता था।

तिवारी की नज़र में पड़ने का ख़ौफ़, कान्ता के दिल से नहीं गया। वो बेटे को छीन कर भाग सकता था। सड़कों पर भटकते-भटकते ही एक रोड पर पता चला कि ये वो सड़क है जो अमृतसर से दिल्ली तक जाती है। कान्ता बस उसी राह पर चल पड़ी। कभी तो दिल्ली पहँचेगी। चाहे कितने महीने लग जायें। उस राह पर भी वो अकेली नहीं थी। सैंकड़ों लोग दिन-रात सफ़र कर रहे थे।

मोनी सोनी बॉर्डर पार कर के जब अमृतसर पहुँची थी तो वहाँ सिर्फ़ एक रेफ़्यूजी कैम्प नहीं था। बल्के पूरा एक कैम्पों का शहर बना हुआ था। सरकारी कैम्पों के अलावा जहाँ कहीं दीवार दिखी उसके साये में आठ-आठ दस-दस ख़ैमों के कैम्प लग गये थे। मुल्क के बॉर्डर तो दूर की बात थी। शहरों के बॉर्डर ही समझ न आते थे। कौन कहाँ पहुँचा हुआ है? लोग बच्चों, बूढ़ों, बेटे-बेटियों के हाथ पकड़े हुए, एक कैम्प से दूसरे कैम्प में यूँ घूम रहे थे जैसे हवा के रेले सूखे पत्तों को उड़ाये फिर रहे हों।

बहुत-से लोग घर ख़ानदान सँभाले हुए हिन्दुस्तान तो पहुँच गये, लेकिन यहाँ आकर एक-दूसरे से हाथ छूटे और गुम हो गये। पता ही नहीं चला बौखलाहट किस तरफ़ उड़ा कर ले गयी। बहुत-से लोग जो कुछ मालियत लेकर पहुँच गये, वो साथ लगे रिश्तेदारों से अलग हो रहे थे। जिन शहरों के बारे में पढ़ा था, सुना था, या जहाँ किसी से कोई ख़तोकिताबत की थी, वहाँ पहुँचने की कोशिश करने लगे। राह चलते कोई हमदर्द मिल गया, तो उसके साथ चल दिये।

सोनी मोनी का असली नाम सुरजीत, मनजीत था। शायद जुड़वाँ ही थीं। दोनों ने लोहे के कड़े पहन रखे थे। सुरजीत,

मनजीत, के साथ तो कोई भी नहीं था। जिस क़ाफ़िले के साथ अमृतसर पहुँचीं थीं, उनसे छूट गईं। गुरुद्वारे 'दरबार साहब' को जानती थीं। सबसे पहले वहाँ जाकर, सीस नवाये। माथा टेका, सरोवर में डुबकी लगाई, और गुरुद्वारे के लंगर में बैठ कर खाया तो, एक एक रोटी कुर्ती में छुपा ली। पता नहीं शाम को मिले न मिले। वहीं एक तरफ़, सेवादार ज़रूरतमन्दों को तन ढाँपने को कपड़े, चादरें, कम्बल, लूईयाँ भी बाँट रहे थे। नंगे सर बहनों को दुप्पटे मिल गये। कुछ ओढ़ने-बिछाने को मिल गया।

लावारिस, दो नौजवान, नौ उम्र लड़कियों के लिए, कैम्पों में रहना इतना आसान नहीं था। वाहेगुरु के नाम पर क्या नहीं हो रहा था। एक सेवादार, किसी सुनसान-सी गली में एक जली हुई मुस्लमान की हवेली तक उन्हें ले भी गया। घर देने का लालच देकर। सेवादार ने कहा :

''लोग घुसते चले आ रहे हैं। हमने बचा के रखा है ये मकान। ऊपर दो कमरे आप रख लीजिये। नीचे हमारे परिवार भी आ जायेंगे।''

लेकिन वो दोनों डर के भाग आयीं। वो जली हुई हवेली भी कुछ वैसी ही थी, जैसी उस तरफ़ की, जहाँ दंगाईयों ने उन्हें ले जाकर बाँध दिया था। वो ट्रक वाला वहाँ न पहुँचता तो... आज क्या वो ज़िन्दा होतीं?... क्या पता कहाँ होतीं? क्या होतीं?

उस हादसे के बाद दोनों कुछ मुहतात हो गईं। लेकिन क्या करतीं, बाहर से लोगों के, रेले पर रेले आ रहे थे। हर रेले के साथ पहले से आये लोग पीछे धकेले जाते। रुकने-ठहरने का कोई मौक़ा नहीं था।

अमृतसर से गाड़ियाँ हर एक तरफ़ निकल रही थीं। बसें भी थीं। ट्रक भी थे। लेकिन सिर्फ़ उनके लिए जिन की जेब में दाम थे। रेलगाड़ियों में टिकट नहीं थे। इसलिये मन मरज़ी से चल रही थीं। बहुत-से लोग तो सिर्फ़ उसी गाड़ी में सवार हो जाते थे, जो जल्दी चल देती थी। किसी तरह इस कैम्पों वाले शहर से बाहर तो निकलें।

हफ़्तों धक्के खाते-खाते ऐसी ही एक गाड़ी में सोनी और मोनी भी सवार हो गईं। पता नहीं कौन-सा स्टेशन था जहाँ जाकर गाड़ी ने सब को बाहर उन्डेल दिया। सफ़र में जो लोग साथ हुए थे उन लोगों ने कहा।

''यहाँ नहीं—गाड़ी बदल लो—आगे जाना है।''

गाड़ी बदल के फिर चल दिये। कुछ रोज़ उस प्लेटफ़ार्म पर भी रह कर फिर गाड़ी बदल ली। दोनों शहर दर शहर ऐसे ही रास्ते बदलते गईं जैसे गाड़ी पटरी के काँटे बदलती है। हिन्दुस्तान पहुँच कर भी कहीं ठिकाना नहीं बना। दिन महीनों में बदलने लगे।

मोनी बीमार रहने लगी। चेहरा ज़र्द पड़ने लगा। फिर उलटियाँ करने लगी। फिर एहसास हुआ बलात्कार पेट में

ठहर गया है। गिराने की जगह नहीं थी। मौक़ा नहीं था। सफ़र चलता ही जा रहा था।

मोनी अपना पेट पीटती थी और रोती थी।

''मेरा दुश्मन पल रहा है पेट में। क्या करूँ? मैं मरूँ तो ये मरे।''

लोग आपस में चिपकने लग गये थे। दो-चार दिन साथ रहे और गुच्छा बन गया। झुँड के झुँड ही साथ चलते थे।

एक और तरह के झुँड भी घूम रहे थे, जो शरणार्थियों को लूट रहे थे। उनकी मजबूरियों से फ़ायदा उठा रहे थे।

कुछ सेवक, जो बस भर लेते थे, अड्डों और स्टेशनों से कैम्पों में ले जाने के लिए, आधे रास्ते में शरणार्थियों से किराया माँग लेते। न देने पर, बीच रास्ते में उतार देने की धमकी देते। अकेले कौन उतरता उजाड़े में? कोई अंटी से कुछ निकालता। कोई चूड़ी कंगन खोल कर दे देता... आस-पास का कोई मदद भी कर देता। बेघरों में बड़ी मुर्रव्वत होती है। लेकिन अपने मुल्क में आकर भी मुहाजिर थे। शरणार्थी थे।

''बूँदी'' के क़िले में, शरणार्थियों ने जगह बना ली थी। और 'राष्ट्र सेवक संघ' वाले हर किसी की मदद कर रहे थे। क़िले पर नौ सौ साल के बाद, भगवा झंडा लहरा रहा था।

क़िले में रेफ़्यूजियों के कई परिवार थे। यहीं एक पंजाबी परिवार की बड़ी बेबे ने मोनी का पेट देख लिया था। मोनी का पेट ज़रा-ज़रा दिखने लगा था। बेबे भाँप गयी थी। मगर उनके साथ कोई मर्द तो था नहीं—पूछने पर बड़ी बेबे से झूट कहा। सोनी ने। उनका ख़ानदान और मोनी का ख़ाविंद मारे गये उस

पार। मोनी पेट से थी जब वो बच के निकल गयीं। रेफ़्यूजियों के एक ट्रक में। पूरी बात में सिर्फ़ ट्रक का ज़िक्र ही सच था।

बेबे के नौ बेटे थे। जो अपने पूरे परीवार के साथ बच के निकल आये थे। और ख़ैर से काफ़ी मालियत भी बचा कर ले आये थे। हालांके घर-जायेदाद और बाक़ी माँदा माल-मवेशी वहीं रह गये। ख़ुशक़िस्मत थे कि उनके ख़ानदान से कोई मरा नहीं। सिर्फ़ एक दादा रह गये। जो वक़्ते आख़िर दम तक यही कहते रहे।

''तुम सब वापस आ जाओगे। और देख लेना। अल्लाह ने चाहा तो ये क़्यामत भी निकल जानी है।''

वो अल्लाह भी उतनी ही आसानी से कह लेते थे जितने साधारण सभाव में वाहेगुरु कहते थे।

बेबे अपनी सूटी लिये क़िले में घूमती रहती थीं। बेटे कभी-कभी मज़ाक़ भी कर लेते थे।

''बेबे लगता है, पिछले किसी जनम में यहाँ की महारानी थीं आप? ये क़िला आप ही ने तो नहीं बनवाया था?''

दुप्पटा सर पे खींच कर बोलतीं... ''होर क्या? ये सब हमारी ही तो परजा है!!''

बेबे वाक़ई महारानियों जैसी थीं।

एक दिन क़िले की उस बुर्जी में चली आयीं जिसमें सोनी और मोनी ने अपनी ''हुँड-कुल्या'' सजा ली थी।

‘‘कैसी हो बेटियों? रोज़ देखती हूँ तुम दोनों को नीचे जाते। उतराई तक जाती हो क्या?’’ नदी पास ही बहती थी। उसके पास बसी बस्तियों को लोग उतराई कहने लग गये थे।

‘‘नहीं बीजी! पीछे के गाँव में कुछ काम-काज हो तो कर लेती हैं।’’

मोनी कनस्तर लेकर वहाँ से उठ गयी। सोनी बात करती रही।

‘‘क्या काम करती हो?’’

‘‘कुछ भी माँ। कपड़े-लत्ते धोने से लेकर बर्तन-भाँडे माँजने का कोई काम हो तो...’’

‘‘मिल जाता है कुछ?’’

‘‘ग़रीब लोग हैं बीजी, उन्हें नौकरों की क्या ज़रूरत? पर लेप-लिपाई में कोई हाथ बटवा लेता है। कोई वैसे ही कुछ दे देता है।’’

‘‘पीछे कहाँ से हो?’’

‘‘ख़ोरदा, ज़िला कैम्बलपुर! आप... ?’’

‘‘डेरा, ख़ेल-ख़ाँ से। ‘अटक’ से बहुत दूर नहीं है। कैम्बलपुर को पहले अटक ही कहते थे।’’

मोनी कनस्तर पानी का भर के ले आयी। रखते हुए पहलू में दर्द हुआ। बेबे फ़ौरन बोली :

‘‘वक्खी में बल पड़ गया क्या?’’

फिर कहा : ''इधर आ बेटी। वक्खी मल दूँ। इतना बोझ न उठाया कर।''

फिर सोनी को देख कर बोलीं।

''इतने दिन से इसकी चाल देख रही हूँ। जानती थी पेट से है। इसीलिये पूछने चली आयी। और कोई नहीं है तुम्हारे साथ?''

दोनों पर चुप की छाप लग गयी। मोनी का चेहरा ज़र्द तो था ही, और पीला पड़ गया। बेबे समझ गईं।

''नौ बेटे जने हैं मैंने बेटी। औरत का अंग-अंग जानती हूँ। बड़ा मोह था एक बेटी का। पर वाहेगुरु की मरज़ी नहीं थी।''

दबी-सी आवाज़ में सोनी ने कहा।

''आपके बेटे साथ हैं?... सब?''

''तीन साथ हैं... यहाँ! दो आगे गये है। बारह-चौदहा मील आगे कोटा में एक गाँव है। 'आलफ़ा' नाम का। जाने गाँव है कि क़स्बा है? किसी अंग्रेज़ ने नाम दिया था। वहाँ ज़मीन देखने गये हैं। पीछे भी हम लोग खेतीयाँ ही करते थे।

मोनी का पेट सहलाते हुए उन्होंने पूछ लिया।

''बाप कहाँ से है इसका?''

मोनी का गला रुँध गया। बोल न सकी। पर सोनी ने झूठ बोल दिया।

''ख़ोरदा में क़तल हो गये। सब मारे गये। हमें बचा लिया एक... एक ट्रक वाले ने जो... जो रेफ़्यूजियों को लेकर जा रहा था...''

सोनी का गला भी भर गया।

सूटी टेकती हुई बेबे, बुर्जी उतर के क़िले में गुम हो गईं।

दोपहर बाद एक बार फिर लौट कर आयीं। मोनी से कहा।

''देख ध्यये, कोख में औलाद हो ख़स्म की तो, उसके बाद भी औरत सुहागन ही रहती है। ये काला धागा पहन ले गले में। धागे में एक सोना चढ़ी कूड़ी है। इसी को मंगल समझ के पहन ले। तू सुहागन है। विध्वा नहीं!'' और एक कुँवारी को सुहागन बना कर चली गईं।

बेबे और मोनी के बीच एक अजीब-सी आँख-मिचोली शुरू हो गयी। मोनी बुर्जी से उतरने से पहले देख लेती, बाहर कहीं बेबे तो नहीं टहल रही है। और बेबे थी कि जब भी पछमी बरामदे से निकलतीं, सीधी बुर्जी पे नज़र पड़ती। इस आँख-मिचोली में कोई न कोई तो एक दूसरे को देख ही लेता। बेबे जब मिलतीं, बड़ी बुढ़ियों की तरह ज़चगी के बारे में कोई न कोई हिदायत ज़रूर दे देतीं। छोटी-मोटी घरेलू दवाईयाँ बता देतीं। नुस्ख़े बता देतीं। और ये ज़रूर पूछतीं। ''खट्टा खाने को जी करता है पुत्तर? इमली मँगा दूँ बेटे से कह के?''

मोनी न 'हाँ' कहती, न 'ना' कहती, बस टाल जाती।

बेबे एक दोपहर को बुर्जी में बैठी थीं तो सोनी ने पूछ लिया।

''ये आप खट्टे का क्यों पूछती हैं हमेशा?''

''खट्टे को ज़्यादा जी करे तो कहते हैं, बेटी होती है। मेरा तो कभी जी नहीं किया। ज़बरदस्ती ही खट्टे कमरख़ और इमली मँगा के खाती रहती थी।''

''वो क्यों बेबे?''

''देख नां—नौ बेटे जने—आगे बेटों के यहाँ भी बेटे हुए। बेटी को ख़ानदान तरस गया हमारा। न हुई।''

हलका-सा गला रुँध गया बेबे का। मोनी के कन्धे पे हाथ रख के बोली।

''देख मानिये! जे तो हुई कुड़ी तो मेरी! मैं पालूँगी। छीनूँगी नहीं तुझसे, पर उसकी नानी दादी मैं। तू जो कह ले। और मुँडा हुआ तो तेरा। मेरे बहुत हैं। तू अपने लाड पूरे करना।''

कहते-कहते बेबे की आँखें नम हो गईं। और वो उठकर चल दीं। मोनी का जी भीग गया। पहली बार उसने पेट पे हाथ फेरा और मुस्कुरा दी। सोनी को बहुत अच्छा लगा।

बेबे जिस अंग्रेज़ की बात कर रही थीं, वो भी बारह-चौदह मील ही दूर था बूँदी से। तक़सीम के दंगों में उसकी कोठी भी जला दी गयी। सुना गया था, वही लोग थे जिन्होंने बूँदी के क़िले पर भगवा झंडा लहराया था। अंग्रेज़ कोई बड़ा काश्तकार था। 'आलफ़ा' नाम के उस गाँव में कोई सवा सौ एकड़ ज़मीन थी उसकी। उसके मज़ारें और किसान उसकी ज़मीनों के हिस्सेदार थे। ये क़ानून और क़ायेदा उसने ख़ुद ही बनाया था और ख़ुद ही उस पर अमल कर रहा था। लेकिन जब अंग्रेज़ों की हुकूमत ख़त्म हो रही थी, तो उसने अपनेआप को हिन्दुस्तानी होने का एलान कर दिया। और हिन्दुस्तानी शहरी होने का हक़ माँगा। लोग कहते हैं रात को उठकर, घोड़े पर सवार हो कर खेतों का दौरा किया करता था जैसे राजा पुराने ज़माने में अपने शहरों में प्रजा की ख़बर लिया करते थे। बहुत मुहब्बत करता था अपनी फ़सलों से !

मगर जब बलवों की आँधी आयी तो उसके कारिन्दे उसे बचा न सके। घर बार माल मवेशी सब लुट गये। फ़सलों में लगी आग उससे बर्दाश्त न हुई। पागलों की तरह उनमें दौड़ता भागता जल कर राख हो गया।

उसके बाद ज़मीनें तो आज़ाद हो गईं, लेकिन मज़ारों में फूट पड़ गयी। जिस को जो हिस्सा हाथ आया, बेचा और भाग गया। पंजाब बहुत दूर नहीं था। रेफ़्यूजियों में आये पंजाब के किसान और ज़मींदारों ने ज़मीनें समेटना शुरू कर दीं।

उन्हीं में बेबे के दो बेटों ने एक बहुत बड़ा हिस्सा ज़मीन का वहाँ से ख़रीद के अपना ज़मींदाराना घराना क़ायेम कर लिया। पुरानी वाज़ये की एक टूटी-फूटी हवेली बीच खेतों के वो भी ले ली। और बूँदी क़िले से बेबे को यहाँ बुला लिया।

बेबे को जब ख़बर मिली तो सबसे पहले बुर्जी में पहुँचीं। फ़र्श पर अपनी सूटी बजा कर बोलीं। ''बस तुम दोनों को मेरे साथ चलना होगा।''

'पगड़ी' देकर किराये पर मकान लेना एक नई रिवायत आयी थी तक़सीम के साथ। पगड़ियाँ दे दे कर बेबे का परीवार खेतों के पास-पास के गाँव में बसने लगा। वो ठकुराईन थीं परीवार की। उजड़े खेतों को फिर से बीजने के लिए काम भी बहुत थे। सबको काम मिल रहा था। बेबे के बेटों ने गाँव में एक मकान मोनी सोनी को भी ले दिया।

मोनी दिन भर कुछ भी करे कहीं भी रहे, एक बार बेबे को मिलना ज़रूरी था। वो न जाये तो बेबे अपनी सूटी टेकती हुई उसके घर तक आ जाती थीं।

''तेरे तो लड़की ही होनी है। जैसे बायाँ पैर पटक के चलती है नां तू!...''

बेबे को यक़ीन था। लड़की ही होगी। इंच इंच मोनी की कोख भर रही थी। मोनी कभी चिढ़ जाती तो कहती, सोनी से।

''किसी दल्ले के हाथ बेच दूँगी उसे!''

''तो बेबे को ही दे दे नां, नहीं पालना है तो!''

सच तो ये है बूँदी से बेबे के साथ चले आने की एक वजह ये भी थी। ये बात सबको हज़म हो गयी थी, के कोख में उसके शहीद शौहर की औलाद है। अब जो भी शकल-सूरत निकले उसकी। किसी ने उसे देखा थोड़ा ही था। लेकिन बेबे का कहना था।

''लड़की की शकल माँ पर ही जायेगी। तुझसे ज़्यादा हसीन निकलेगी।''

बेबे ने लफ़्ज़ 'हसीन' ऐसे कहा जैसे किसी 'पोथी' से निकाल के लायी हो।

''स्यापे डालेगी मेरे पोतरों धोतरों के लिए!'' और हँस देतीं।''

जिस रात दर्द उठे थे मोनी के, बेबे सारी रात बैठी रही मोनी के पास! फटी पुरानी एक दाई को गाँव से पकड़ के लाये थे। बड़ी ज़ईफ़ थी। नज़र कम आता था। लेकिन हाथ बड़े सडोल थे। उँगलियों में तजुर्बे चढ़े हुए थे।

मोनी को लड़का हुआ...! बेबे का दिल बैठ गया। आँखों में नमी आ गयी। बोली :

''वाहेगुरु अभी तक नाराज़ है मुझसे।''

मोनी की छातियाँ ऐसी भरीं कि भूल ही गयी कि वो कंवारी थी। ऐसी फटी आँखों से देखती थी बेटे को, जैसे कोई करिश्मा हो गया हो। वो ग़ुस्सा, नफ़रत जिससे वो पेट पीटा करती थी, पता ही नहीं कहाँ घुल गयी। वो सारा ज़हर जैसे थनों में घुल के अमृत हो गया था...!

बेबे आया-जाया करती थी। बेबे का मोह फिर भी कम न हुआ। हालात वैसे तो नहीं थे उनके, जैसे कभी रहे होंगे। लेकिन एक चाँदी का चम्मच फिर भी ले आयीं लड़के के लिए... ''जब पहला बीज पड़ेगा खेतों में, तो तेरे बेटे का नामकरण गुरुद्वारे में करवाऊँगी।''

नाम का ज़िक्र रोज़ रहने लगा। एक दिन अचानक ही बेबे ने पूछ लिया।

''तेरे ख़स्म का नाम क्या था रे?''

मोनी की आँख पहले ही से फड़क रही थी, उसने आँख पे हाथ रख के चेहरा घुमा लिया सोनी की तरफ़, और सोनी बोल पड़ी। ''त्रलोक सिंह!''

बेबे बेसाख़्ता बोली। ''बस वही रख ले। तेरे तो तीन लोक मिल गये।''

मतलब किसी की समझ नहीं आया। पर दोनों ने हाँ में मुँडी हिला दी।

''लौकी... लौकी...'' सब पुकारने लगे उसे। बड़े घने बाल थे। आँखें कुछ सिलेटी रंग की। नाक-नक़्शा मोनी पर तो नहीं था। घने बालों से तो त्रलोक सिंह ही लगता था।

लौकी बड़ा होने लगा, तो सब का मोह बढ़ने लगा। मोनी, सोनी खेतों में काम करतीं, लौकी, बेबे के पास खेलता।

उसके केस भी बड़े होने लगे। बेबे को बड़ा शौक़ था, उसके बालों की चोटी बना कर, सर पे जूड़े की तरह बाँधने का। जब डगमगाता हुआ चलने लगा तो गुरुद्वारे भी ले जातीं। और दिखातीं अपने दो बेटों को जिन्होंने बाल कटवा दिये थे। सोनी ने एक बार हँस के मोनी के कान में फुसफुसाया था।

''बाल कटवा दे इसके। जूऐं पड़ जायेंगे। सब सिखों के पड़ जातीं हैं।''

तब हँस के बोली थी। ''गोर सिख है। क्यों कटवा दूँ। और मैंने काट दिये तो बेबे तो मेरी गर्दन ही काट देगी।''

लेकिन एक अजीब हरकत की उसने। एक दिन ख़ुद ही क़ैंची कंघी लेकर बाल काट दिये उसके। उलट-पलट कर कंघी करती जा रही थी। और घूर-घूर कर देख रही थी। अचानक सोनी कमरे में दाख़िल हुई तो बोली।

''सोनी देख—इसकी शकल उसी पर गयी है। बिलकुल वही नहीं लगता जो रोज़ हमारे साथ बलात्कार किया करता था?''

उसकी आँखों में अजीब एक वहशत थी। सोनी डर गयी।

''पागल है तू... हट यहाँ से।'' और लौकी को उठा कर बाहर ले गयी।

बेबे ने जो बाल कटे देखे तो मुँह ही मोड़ लिया। बहुत रोईं। सोनी ने समझाया।

''पता नहीं क्या दौरा पड़ा था मोनी पर। फिर आ जायेंगे बेबे। रो नहीं।''

बेबे ने इतना ही कहा। ''कुछ नहीं सोनिये—मेरा वाहेगुरु नाराज़ है मुझसे।''

मोनी उसके बाद बेबे के सामने नहीं गयी। लेकिन सोनी ने देखा। उसकी आँखों की वहशत बढ़ने लगी थी।

वो घूर-घूर के देखती थी लौकी को। और वो मासूम बार-बार ''माँ... माँ...'' कह के दौड़ता था उसी की तरफ़।

और फिर एक दिन क़हर टूट पड़ा ख़ुदा का।

पछमी खेत वाले कुएँ में लौकी की लाश मिली। और मोनी का कहीं पता नहीं था।

पुलिस आ गयी। सोनी को भी पकड़ कर ले गये। बड़े थानेदार साहब ने रिपोर्ट तो लिख ली। लेकिन सोनी को घर वापस नहीं जाने दिया। उन्हें यक़ीन था उसकी बहन उसे ढूँढ़ती हुई वहीं आयेगी। वो फ़रार नहीं हो सकती। बिलकुल वही हुआ!!

तीन-चार रोज़ बाद ही भूखी-सूखी उजड़ी हुई मोनी को चन्द सिपाही पकड़ के थाने में ले आये। उसकी आँखों में वही पागलों-सी वहशत थी।

सोनी मिलने के लिए पास आयी तो उसे धक्का दे दिया। सिपाही फ़ौरन खींच के हवालात की तरफ़ ले गये। सोनी सिर्फ़ रोती रही।

थानेदार ने सोनी को छोड़ दिया मगर जाती कहाँ? एक बार घर लौटी तो पूरा आलफ़ा नगर बेगाना लगा। कोई पास आने को तैयार न था। बेबे ने मिलने से इन्कार कर दिया। दो दिन बाद थाने लौटी तो थानेदार ने बताया, मोनी को कोटा सेन्ट्रल जेल में भेज दिया गया है। उसमें पागलपन के आसार नज़र आ रहे थे।

सर पे दुप्पटा और पाँव में जूती पहने, पता नहीं वो कैसे कोटा जेल पहुँची।

एक बुलन्द देवक़ामत दरवाज़े में एक खिड़की जैसा दरवाज़ा खुलता था। जिस पर दोनों तरफ़ एक सिपाही खड़ा रहता था।

''मुझे जेलर साहब से मिलना है।'' सोनी ने दरख़्वास्त की।

''क्या काम है?''

''अपनी बहन से मिलना है।''

"कोई ऑर्डर, पर्मिट है तेरे पास?"

किसी ने अन्दर जाने नहीं दिया। जेलर साहब की जीप कभी-कभी बाहर निकलती थी। और लौट जाती। वो अन्दाज़ा ही लगा सकी, बस कि वही जेलर हैं। पास आकर हाथ जोड़ के "सलाम साहब" कहती और वो अन्दर चले जाते। कुछ दिन जेलर साहब ने उसे वहीं देखा। दीवार से पीठ लगाये निढाल बैठी रहती थी। एक सिपाही से कह के अन्दर बुलाया। जेलर साहब का क्वार्टर अन्दर ही था। घर पे एक नौकर था। युसुफ़! उनकी बीवी बच्चे अलीगढ़ में रहते थे। जब आयी और पूछा। तब पता चला, वो जब भी "सलाम साहब" कहती थी, जेलर साहब समझते थे, उन्हें नाम से बुला रही हैं। हँस पड़े। उनका नाम अब्दुल सलाम क़ुरेशी था।

बहुत निढाल थी। युसुफ़ से कह के पहले पानी पिलाया। फिर कुछ खाने को दिया। उस शाम लान में बैठ कर उसकी पूरी कहानी सुनी तो दिल पसीज गया।

मोनी ख़ूनी थी। उसे सोनी से मिलाने के लिए ऊपर से ऑर्डर लेना ज़रूरी था। लेकिन सलाम साहब ने एक दिन के ताम्मुल के बाद ये ज़िम्मेदारी अपनेआप पर ले ली। और जीप में बिठा कर उसे मोनी से मिलाने ले गये। अपनी जीप वो ख़ुद ही चलाया करते थे।

मोनी को एक अकेली सैल में रखा गया था। उस सैल के बाहर एक बरामदा था। एक औरत कॉन्स्टबल ने अन्दर जाकर उसे ख़बर दी कि उसकी बहन उससे मिलने आयी है। लेकिन उसने मिलने से इन्कार कर दिया।

''मुझे नहीं मिलना।''

''वो बाहर खड़ी है।''

''खड़ी रहने दे।''

सोनी सुन रही थी।

कॉन्स्टबल बाहर आ गयी। सोनी सलाख़ों वाले दरवाज़े पर जाकर खड़ी हो गयी। अन्दर झाँका। दीवार से लगी बैठी थी मोनी। उसने मुड़ कर देखा उसे। फिर धीरे-धीरे उठकर दरवाज़े के पास आकर खड़ी हो गयी। उसकी आँखों की वहशत अभी तक गयी नहीं थी। सोनी ने धीरे से पूछा।

''मोनी तुझे मालूम है तूने क्या किया है?''

बड़ी तुर्शी से बोली। ''हाँ!...'' फिर ज़ुमले में इज़ाफ़ा किया।

''कैम्बलपुर में उसने इतने हिन्दू मारे थे। मैंने एक छोटा-सा मुसलमान मार दिया तो क्या हुआ?...''

भाग तीन

तूफ़ान में एक बहुत बड़े पेड़ से उखड़े हुए सूखे पत्तों की तरह, रेफ़्यूजी उड़ते ही जा रहे थे। कहीं-कहीं ज़मीन छूते और फिर कोई तेज़ झोंका उड़ा कर कहीं और ले जाता।

दहाईयाँ गुज़रती रहीं... रेफ़्यूजी भटकते रहे। अन्दाज़ा लगाना नामुम्किन है कि कौन कहाँ जा के गिरा। कहाँ अटका। वक़्त भी तलाश करे तो शायद उन्हें पहचान न पाये। जो बटवारे की जड़ थी वो पीछे रह गयी।... शाखें आगे बढ़ गईं। फ़ौजी के साथ कैम्बलपुर से निकले लोगों की तलाश करना मुश्किल था। एक पत्ता उड़ते-उड़ते बहुत दूर जाके गिरा।

''मैं पॉल (Paul) के लिए हिन्दू होने को तैयार हूँ पापा... मुझे हिन्दुस्तान जाना है। वो जगह देखनी है, जहाँ मैं पैदा हुई थी। राजपूताना!''

ज़रा देर के लिए जॉर्ज को लगा क्या वो भी हिन्दुस्तान से आया एक रेफ़्यूजी है। इंग्लैंड में?... राजपूताना का रामकुमार पुशकर याद आया... जैसमीन भी तो वहीं रह गयी।

जॉर्ज कुछ देर चुप रहा—फिर बोला।

''मैं चाहता हूँ के तुम चर्च में शादी करो, ताकि कुछ दोस्त जो बचे हैं, मुझे उनसे एम्बैरेस न होना पड़े। ख़ास तौर

पर जब के शादी यहाँ इंग्लैंड में हो रही है। हिन्दुस्तान में होती तो मुझे कोई एतराज़ न होता!''

एडना का फ़ादर, जॉर्ज सेमूएल, एक ज़माने में हिन्दुस्तान में रह चुका था। ब्रिटिश एडमिन्स्ट्रेशन का कारकुन था। निहायत ईमानदार, मिलनसार और हमदर्द इन्सान था। पहले राजपूताना में तैनात था, जहाँ उसने पानी के लिए कुएँ और कनालों का बहुत काम किया था, क्योंके वही सबसे बड़ा मसला था उस इलाक़े का। ख़ास तौर पर पिछड़ी हुई ज़ातियों के लिए। जिन्हें मीलों दूर चलकर झीलों और तालाबों से पानी भर के लाना पड़ता था। उसके लिए जॉर्ज को दिन-रात दौरे पर रहना पड़ता था। जो उसकी वाईफ़, जैसमीन को हर्गिज़ पसन्द नहीं था। ख़ास तौर पर उन दिनों जब के वो जचगी के आख़िरी महीनों में थी... हिन्दुस्तानी ख़ादमाओं की कमी न थी लेकिन 'डिलेवरी' के लिए इन देहाती तरीक़ों पर जैसमीन को यक़ीन न आता था। पहली-पहली औलाद थी। चाहती थी कोई अंग्रेज़ डॉक्टर या जानकार नर्स साथ रहे। मगर जॉर्ज को यहाँ की तजुर्बेकार दाईयों पर बहुत यक़ीन था। वो कहता था, ''यहाँ की औरतें हर साल बच्चे देती हैं। और ये दाईयाँ बग़ैर आले-औज़ारों के हर हफ़्ते कभी एक कभी दो बच्चों को अपने माहिर हाथों से पैदा करती हैं।'' लेकिन जैसमीन ज़िद करती और उन दिनों हर दौरे पर साथ चल देती। वो और भी ख़तरनाक था। लेकिन हुकूमत उसके साथ थी तो सब इन्तज़ाम हो जाते थे। और

इस तरह एक रात 'पोचीना' के पास 'मियाँ जलाढ़' गाँव में 'एडना' पैदा हुई। उसकी इकलौती बेटी!!

हिन्दुस्तान में ज्योतिषियों की आदत है, सबके सितारे पढ़ने पहुँच जाते हैं। जॉर्ज घर पे था नहीं। जब एक पंडित या ज्योतिषी जैसमीन को उसकी कुन्डली बना कर दे गया। "'आ' से नाम रखना। किसी 'उच्च ब्राह्मण' से शादी होगी इस कन्या की।" ज्योतिषी को मालूम नहीं था वो ईसाई हैं।

लेकिन सरकारी तबदीलियाँ तो "खो खो" के खेल की तरह होती हैं। एक उठा, एक बैठा, एक आया, एक गया। फिर कुछ अरसा वो 'डेरा इस्माईल ख़ाँ' में बहैसियत कलेक्टर के तैनात हुआ। ये इलाक़ा राजपूताना से बिलकुल अलग था। लेकिन जॉर्ज सेमूएल क्योंके अच्छा क़ाबिल सरकारी अफ़सर था इसलिये हमेशा मुश्किल इलाक़ों में तैनात कर दिया जाता। डेरा ईस्माइल ख़ाँ में मसला था पठानों का। जो ख़ुद को 'पुख़्तून' कहलाना पसन्द करते थे, और मुग़लों के जानी दुश्मन थे। वो उन्हें भी अंग्रेज़ों की तरह बाहर से आये हमलावर समझते थे।

लेकिन इन तमाम कामों के बीच में जार्ज का एक शुग़ल था, डायेरी लिखना। जिस बात ने धीरे-धीरे उसे एक फ़लॉस्फ़र बना दिया था। हिन्दुस्तान की तहज़ीब और ज़िन्दगी के फ़लस्फ़ों से वो बहुत मुतास्सिर हुआ। यहाँ की लोक कथायें जमा करने का शौक़ लग गया। लेफ़्टिनेंट कर्नल जेम्स टॉड की राजपूताना पर लिखी किताब वो पढ़ चुका था।

जेसलमेर से साठ मील आगे, खुरी गाँव में, 'मांगनिया' गायकों का एक क़बीला था। मुस्लमानों का क़बीला था, लेकिन रहन-सहन में हिन्दुओं से कुछ अलग नहीं था। बल्के उनके रस्म-रेवाज एक ही से थे। बावजूद एक अच्छा ईसाई होने के, जॉर्ज मानता था कि मज़हब एक निजी चुनाव की बात है। और हिन्दुस्तान का कल्चर यहाँ के मज़हबों से बालातर है। और ज़्यादा अहम है, लोग मज़हब बदल लें तब भी रहन-सहन नहीं बदलता। जब उसका तबादला ढाका में हुआ तो उसे इस बात पर और यक़ीन हो गया... क्योंके उनकी अंग्रेज़ हुकूमत ने सन् 1905 में बंगाल को मज़हब की बिना पर दो मुल्कों में तक़सीम करने की कोशिश की तो उन्हें नाकामी का मुँह देखना पड़ा था।

जब वो ढाका में कल्चर डिपटी के पोस्ट पर तैनात हुआ उसमें बहुत बड़ी तबदीली आनी शुरू हुई। हिन्दुस्तान से उसका लगाव बढ़ने लगा। हिन्दुस्तान की लोक कथाओं के इलावा, वहाँ के 'बाऊल' लोक गीत भी जमा करने लगा। और अंग्रेज़ी में उनके तर्जुमे भी करने शुरू कर दिये।

लालन फ़क़ीर बाऊल के गीत जमा करते-करते, वो उस दौर के एक बड़े शायर 'क़ाज़ी नज़रुल इस्लाम' से मिला, जो उसी की हुकूमत के ख़िलाफ़ बड़ी धुआँदार कविताएँ और गाने लिखता था। और ख़ुद गाता भी था।

बावजूद एक रेवायेती मुख़ालिफ़ होने के, जॉर्ज, क़ाज़ी साहब से बहुत मुतास्सिर था। वो इस्लाम की मुक़द्दस किताब

का बंगला ज़बान में मंज़ूम तर्जुमा करना चाहता था। जिस पर मुस्लमान अक्सर बरहम रहते थे उससे। बहुत दुखी था। और 'दुखी शायर' के नाम से मशहूर हो गया था।

जॉर्ज ख़ुद भी हल्की-फुल्की बंगला बोलने लगा था। वो बहुत शह देता था क़ाज़ी को 'क़ुरान शरीफ़' का तर्जुमा करने के लिए। कुछ मुस्लमानों को ये शक हो गया के ये अंग्रेज़ ही उसे इस हरकत पर उकसा रहा है। लोगों ने उसके घर पर पत्थराव भी किया और इक्का-दुक्का मौक़ों पर उसकी पिटाई भी हो गयी। अंग्रेज़ी हुकूमत को शायद जॉर्ज का ये रव्वैया पसन्द नहीं आया और जल्द ही उसे राजपूताना वापस भेज दिया। इस बार कल्चर मिन्स्ट्री के तहत 'सती' की रस्म के ख़िलाफ़ लोगों की राय बनाने की ज़िम्मेदारी दी। बंगाल में ये तहरीक राजा राम मोहन राय की वजह से पहले से ज़ोर पकड़ चुकी थी।

राजपूताना आते ही, जॉर्ज के दौरे फिर से शुरू हो गये। लेकिन उसे एक ऐसी शख़्सियत की तलाश थी, जो आवाम में 'लालन फ़क़ीर बाऊल' की तरह पौपुलर हो, राजा राम मोहन राय की तरह एक नई तहरीक को हरकत में ला सके। ऐसा कोई शख़्स तो उसे न मिला। लेकिन फ़क़ीराना अन्दाज़ में एक गायक मिल गया। जो था तो 'कुलधरा' का लेकिन जगह-जगह जाकर कथायें सुनाया करता था।

रामकुमार पुष्करणा, पंडित आदमी था। माथे पर कई तिलक लगा कर चलता था। शस्त्री था और ज़बान का बड़ा

रसीला आदमी था। थोड़ी-थोड़ी अंग्रेज़ी बोल लेता था। समझने समझाने में खुले ख़यालात थे। 'सती' की रस्म बन्द करवाने की बात उसे समझ आ गयी।

एक दिन जब वो अपने किसी दोस्त के जनाज़े से लौटा तो जॉर्ज को समझाने लगा।

"देखो जॉर्ज... हिन्दुस्तान कभी भी, इंगलिस्तान तो बनेगा नहीं। तुम लोग हमेशा के लिए तो यहाँ नहीं रहोगे। वापस तो जाना ही पड़ेगा। भगवान ना करे अगर तुम्हारी मृत्यु यहाँ हो जाये। तो तुम्हें यहीं दफ़ना के एक क़ब्र बना दी जायेगी... मर के भी तुम अपने वतन नहीं पहुँच पाओगे। और जब तुम्हारी अगली औलादें तुम्हें इंगलिस्तान में बैठ कर याद करेंगी तो तुम उन्हें परदेसी लगोगे। और कोई देखने भी नहीं आयेगा।"

जॉर्ज बग़ौर सुन रहा था। पूछ लिया।

"तो क्या cremate कर देना चाहिये? जला दें?"

"हाँ! वही कह रहा हूँ। Dust into dust नहीं। नेचर (nature) इन टू नेचर ही इसका हल है। क़ुदरत से आया है मनुष्य, क़ुदरत को वापस लौटा दो। जला के बहा दो नदी में, समन्दर तक चला जायेगा। राख जमा करो और खेतों पर उड़ा दो। ज़मीन जज़्ब कर लेगी।"

"और आवागोन? उसका क्या होगा?"

"वो सब ज़िन्दगी न छोड़ने के लालच हैं। न कोई क़ब्र से उठेगा। न कोई दोबारा जन्म लेगा।"

जॉर्ज के दिमाग़ में बस गयी ये बात। उसने जैसमीन को बताया। उसने सोच लिया के यही वसियत में लिखकर जायेगा।

लेकिन हुआ कुछ और ही!

उन दिनों वो 'बेकानीर' में था जब शहर में एक वबा फूट निकली। चेचक का कोई इलाज नहीं था तब... लोग बस इन्तज़ार ही करते थे। कि वबा गुज़र गयी तो बदन पर निशान छोड़ जायेगी, वरना साथ ही लेकर जायेगी... जाते-जाते चेचक जैसमीन को साथ ले गयी। 'एडना' बस बाल-बाल बच गयी।

जॉर्ज ने अपनी पत्नी को, चर्च में दफ़नाने के बजाये, चिता पर जला कर उसके फूल उसी की बनाई एक कनाल में बहा दिये, के वो वहाँ की ज़मीन में पानी के साथ जज़्ब हो जायेगी।

इस बात पर ईसाइयों के हलक़े में बहुत ज़्यादा तन्क़ीद हुई। गिरजाघरों में बाक़ायदा मुबाहसे शुरू हो गये। आख़िर मज़हब का सवाल था। हिन्दुस्तान में आज़ादी की आवाज़ बुलन्द हो रही थी और उधर बर्तानिया एक आलमी जंग में उलझता जा रहा था। हुकूमत ने इसी में मसलहत समझी कि उनको फ़ौरन रीटायरमेंट देकर वापस इंग्लैंड भेज दिया जाये।

जॉर्ज अपनी सात-साला बच्ची एडना को लेकर, इंग्लैंड के countryside के एक इलाक़े में जो कोवेंट्री (Coventry) कहलाता था। उसमें आकर बस गया।

वहाँ भी, उसका शौक़ वही रहा। लोक कथायें जमा करना, और लिखते रहना। एक छोटा-सा पोल्ट्री फ़ार्म बना लिया। और वही करने लगा जो मुर्ग़ियों से किया जाता है।

मुर्ग़ियों से अंडे... अंडे से चूज़े... चूज़ों से मुर्ग़ी... फिर अंडे!

दूसरी जंगे अज़ीम जारी थी। सारी दुनिया आग की भट्टी में झोंकी जा चुकी थी। भट्टी का ईंधन ख़त्म होते-होते, हिटलर जैसी हस्तियाँ राख हो गईं। स्टॉलन के पुतले बड़े हो गये और चर्चल की ग्रेट ईमपायर गिरने लगी। बिखरने लगी। ये सब होते-होते, जॉर्ज का पोल्ट्री फ़ार्म काफ़ी बड़ा हो गया। उसके सँभालने के लिए कोई बेटा तो था नहीं। बेटी बड़ी हो रही थी। वो कितनी मदद कर सकती थी? औरतें व्यापार सँभालती हैं, ये रेवायत जॉर्ज ने हिन्दुस्तान ही में देखी थी। वो खेती-बाड़ी भी करती थीं, हल भी चला लेती थीं, हट्टी पर भी बैठ जाती थीं, बल्के ठेले भी खींच लेती थीं। लेकिन इंगलिस्तान में रह कर उसका हलक़ा अलग ही क़िस्म का बन चुका था। उसमें लेडीज़ इस तरह का काम नहीं कर सकती थीं। हाँ, हुकमरान ज़रूर बन चुकी थीं।

वो ख़ुद व्यापारी शख़्स होता तो कुछ लोग रख लेता। और बढ़ा लेता व्यापार। लेकिन क्या ज़रूरत थी। ज़िन्दगी की ज़रूर्यात तो पूरी हो ही जाती थीं। पढ़ाई-लिखाई में दिन अच्छे बसर हो रहे थे। जितने फ़ालतू अंडे होते वो आस-पड़ोस में मुफ़्त बाँट देता। चूज़े पाल लेता था।

एडना ने जब कॉलेज में दाख़ला लिया। 'ग्रेट ईमपायर' का एक और हिस्सा टूट गया। हिन्दुस्तान की तक़सीम हो गयी। जॉर्ज ने एक बार फिर अपनी राय दी।

''ये हो ही नहीं सकता। वो मुल्क मज़हब की बिना पर तक़सीम नहीं हो सकता। उनके कल्चर बड़े पुराने हैं। मज़बूत हैं।''

''लेकिन वो तो हो गया पापा। पाकिस्तान बन गया।''

''वो नहीं रहेगा। पंजाब अलग, बंगाल अलग। पठानों के कल्चर अलग हैं। मज़हब उनको बाँध के नहीं रख सकता।''

दोनों मुल्कों से, बेशुमार लोग इंग्लैंड आने लगे।

रिहाइश और रोज़गार की तलाश में। और जब मिलते तो ऐसे ही जैसे एक ही ख़ानदान से टूटे हुए लोग थे। न हिन्दुस्तान याद करते थे, न पाकिस्तान! एक मुशतरका नाम था। रेफ़्यूजी थे। पनाहगीर थे!!

एडना के कॉलेज में एक ग़रीब नौजवान आकर दाख़िल हुआ। हिन्दू था। लेकिन पाकिस्तानी था। और उससे ज़्यादा रेफ़्यूजी था।

दुबला-पतला, ज़र्द-सा चेहरा, उसका जबड़ा हर वक़्त हिलता रहता था। लगता था दांत चबा रहा है। बहुत शर्मीला था। और बहुत नर्वस! एडना को अच्छा लगता था। बेचारा सा! एक दिन सीधा ही जाकर उससे उम्र पूछ ली। 'सतराह–सेवनटीन!' दो साल उससे छोटा था।

एक बार एडना ने उसे अपनी साईकल पर पीछे बैठने को कहा, तो वो पीछे हट गया।

''क्यों? डर लगता है?''

उसने सिर्फ़ मुँडी हिला दी। 'नहीं!'

''तो?... चलो तुम चलाओ। मैं पीछे बैठती हूँ।''

जयपाल राज़ी हो गया। 'जयपाल' नाम था उसका।

एडना उसे अपने फ़ार्म पर ले गयी। अपने पापा से मिलाया।

पापा ने पूछा : ''पीछे कहाँ से हो?''

''कैम्बलपुर से!''

''अटक कहो। वो असल नाम है उस जगह का।''

जॉर्ज ने कैम्बलपुर देखा था। फिर पूछा।

''अटक में कहाँ रहते थे?''

जयपाल ने पता-ठिकाना बताने की कोशिश की। लेकिन जॉर्ज सिर्फ़ वहाँ के स्कूल का नाम जानता था। 'एम.बी. मिडल स्कूल! स्टेशन रोड!'

जयपाल को अचानक लगा जैसे किसी हमवतन से आन मिला हो। बेसाख़्ता उठकर, जॉर्ज के पाँव छू लिये। एडना के मुँह से निकला। "ये क्या कर रहे हो?"

जॉर्ज ने गले लगा लिया। बोला। "ये कल्चर है हिन्दुस्तान का।"

साऊथ हॉल में तीन घर बदल चुका था जयपाल। जहाँ सुबह-सवेरे उठकर सारे घर की साफ़-सफ़ाई, भाँडे-बर्तन करने के बाद वो कॉलेज भागता था। फिर दो माह के लिए वाई. एम.सी.ए. (YMCA) में दोबारा जगह मिल गयी। रिहाइश मुफ़्त थी लेकिन आमदन नदारद। कुछ बचे बचाये पाउण्ड थे वो भी ख़ुश्क होने लगे। कॉलेज की फ़ीस अलग भरनी पड़ती थी... ग़रीबी जब आती है तो सबसे पहले कपड़ों से झाँक कर देखती है। एडना ने देखा और एक ख़ूबसूरत-सी जैकेट ले आयी उसके लिए। उससे क़मीज़ तो ढक गयी। पेट न ढक सका। फ़ाक़े चेहरे पर नज़र आने लगे। फिर बीच-बीच में कॉलेज से ग़ैर हाज़िर रहने लगा। जब नाम कटने की नौबत आयी तो एडना ज़बरदस्ती साईकल पर पीछे बिठा कर ले गयी पापा के पास। पापा ने कुछ फ़ौरी मदद कर दी और

एक अच्छे administrator की तरह मसला हल कर दिया... जयपाल को अपने पोल्ट्री फ़ार्म पर रहने की जगह दे दी। और कह दिया कि जितने फ़ालतू अंडे जॉर्ज बाँटता है, जयपाल चाहे तो उन्हें बेच सकता है। जयपाल के लिए एक बाक़ायदा आमदन का सिलसिला ही नहीं बन गया बल्के रिहाइश के साथ-साथ तालीम की आसाइश भी पैदा हो गयी। जयपाल साऊथ हॉल के घरों से वाक़िफ़ था। घर घर जाकर अंडे बेच आता। आमदन के पाउण्ड पोल्ट्री फ़ार्म की तरकीब, तरतीब में भी ख़र्च करने लगा।

जयपाल की तालीम दोहरी हो गयी। कॉलेज में हिस्टरी पढ़ता था, और घर आकर 'बर्ड ब्रीडिंग' (bird breeding) की किताबें पढ़ने लगा। जॉर्ज ने पोल्ट्री का काम तो किया था, लेकिन उसका नशा महसूस नहीं किया था। जयपाल का मुर्ग़ियों से इश्क़ देखकर उसे हैरत हुई। एडना का शौक़ भी बढ़ गया। और देखते-देखते 'सेमूएल पोल्ट्री फ़ार्म' का नाम होने लगा।

उसका बुरा नतीजा ये हुआ कि जयपाल की तालीम पीछे रह गयी और मुर्ग़ीख़ाने का बिज़नेस तरक्की कर गया।

पाकिस्तान से आये कुछ दोस्तों ने ढाबों जैसे छोटे-छोटे होटल बना लिये थे। उनमें अब सिर्फ़ अंडे नहीं मुर्ग़ियों की सपलाई भी 'सेमूएल पोल्ट्री फ़ार्म' से होने लगी। हलाल हराम सब पीछे रह गया... रेफ़्यूजियों को रेफ़्यूज मिल गयी। पनाहगीरों की पनाह बन गयी। एक फ़र्क़ और पड़ा। जयपाल ने अपने

नाम के हिज्जे बदल लिये। पाल से पॉल हो गया। पी-ए-एल नहीं, पी-ए-यू-एल, लिखने और बोलने लगा। Paul !

इंगलिस्तान की हुकूमत दुनिया से कुछ ऐसे ही सिमट रही थी जैसे धूप उतरने लगी हो। जज़ीरे पर दबाव पड़ने लगा। टैक्स बढ़ने लगे और कोशिश होने लगी कि ग़ैर मुल्की लोगों को कम किया जाये। नये पास्पोर्ट बनाना मुश्किल होने लगे। हिन्दुस्तान और पाकिस्तान के पनाहगीरों पर भी दबाव आना लाज़िम था। सब टिके रहने की तदबीरें सोचने लगे। कई लोगों ने एक झपटे में, अंग्रेज़ मेमों से शादी कर ली। इंग्लैंड की शहरियत हासिल करने के लिए, मज़हबों के साथ-साथ नामों की अदला-बदली भी हुई। सेमूएल पोल्ट्री फ़ार्म पर जब ज़िक्र हुआ तो जॉर्ज ने पूछा जयपॉल से।

"तुम्हारा पास्पोर्ट कहाँ है?"

जयपॉल चुप रह गया। जॉर्ज ने जब दोहराया अपना सवाल।

"पास्पोर्ट!... कहाँ है?"

तब जवाब दिया।

"वो तो नहीं है सर!"

"तुम आये कैसे!...इंग्लैंड?"

''सर... एक कार्गो शिप (cargo ship) पर! एक नक़ली पास्पोर्ट था किसी मोहम्मद अनवर का। उसी के स्टाईल का हैरकट कर के चला आया था। यहाँ... डॉक्ज़ (docks) से भाग कर पास्पोर्ट फाड़ दिया...! ऐसे बहुत लोग आते हैं। एजन्ट लोग बन्दोबस्त कर देते हैं।''

जॉर्ज ख़ुद हैरान था। इतने साल उसने ये सब कुछ क्यों नहीं पूछा।

''कॉलेज में दाख़ला कैसे लिया?''

''रिश्वत से सर। लम्बी कहानी है। मैं पढ़ने आया था। लेकिन... एडना को सब मालूम है सर। मैंने सब बता दिया था। आपको बताना चाहता था, एडना ने मना कर दिया... सर!''

जॉर्ज अचानक चुप हो गया। एक लम्बी साँस लेकर उठा। अपनी ड्रिंक बनाई। और वहीं से कहा।

''यहाँ शादी कर लो। और ब्रिटिश पास्पोर्ट के लिए अर्ज़ी दो। अब तुम रेफ़्यूजी नहीं हो। ब्रिटिश सीटीज़न हो (citizen)। बहुत सालों से मेरे पास काम कर रहे हो। मैं पर्मिट दे दूँगा।''

''सर... मैं एडी से शादी करना चाहता हूँ।''

जॉर्ज की नज़र झूल कर एडना पर गयी। जो दरवाज़े के पास खड़ी थी। कुछ देर देखता रहा। तो वो धीमें से बोली।

''मैं भी! मैं हिन्दू होने को तैयार हूँ ... मुझे हिन्दुस्तान जाना है। वो जगह देखनी है, जहाँ मैं पैदा हुई थी। राजपूताना!''

फिर रुक कर बोली : ''माँ की क़ब्र होती तो मैं जाकर उनकी दुआयें ज़रूर लेती।''

जॉर्ज को एक बार ख़याल ज़रूर आया था। एडना और पॉल में एक रिश्ता बन चुका है। उसने एक ख़्वाहिश ज़ाहिर की।

''मैं चाहता हूँ कि तुम चर्च में शादी करो, ताकि कुछ दोस्त जो बचे हैं, मुझे उनके सामने एम्बैरस न होना पड़े। ख़ास तौर पर जबके शादी यहाँ इंग्लैंड में हो रही है।''

एडना ने पूछा। ''क्या हनीमून के लिए हम हिन्दुस्तान जा सकते हैं?''

पॉल का जवाब था। ''लेकिन मैं तो पाकिस्तान से हूँ। इंडिया में तो रेफ़्यूजी था। बस! तुम्हें कैम्बलपुर ले जा सकता हूँ।''

जॉर्ज ने हिदायत की। ''अटक कहो बेटा और ये ज़रूरी नहीं कि तुम हिन्दू हो तो सिर्फ़ हिन्दुस्तान ही के हो सकते हो। तुम पाकिस्तानी भी हो सकते हो। ब्रिटिश भी! एक बार इसे राजपूताना ले जाना। अब राजस्थान कहते हैं।''

''बट सर!... आयी लव कैम्बलपुर...!''

''अटक कहो!!...'' फिर धीरे-धीरे चलता हुआ दोनों के क़रीब आकर रुका।

"यू आर इंगेज्ड (you are engaged)! मुबारक हो... चियर्ज़!!"

उसने गिलास उठा कर घूँट लिया।

दहाईयाँ करवटें लेती रहीं। लेकिन रेफ़्यूजी अभी तक बसे नहीं थे। बसने की कोशिश करते रहे। मुट्ठी भर मुसाफ़िर थे फ़ौजी के, जो कैम्बलपुर से निकले थे। अभी तक अपनी मिट्टी ढूँढ रहे थे। उन्हें जड़ नहीं लग रही थी।

जयपॉल से हिन्दुस्तान छूट गया, लेकिन जॉर्ज से नहीं छूटा। सन् 62 में इंडिया और चीन की जंग हुई तो जॉर्ज ने फिर अपनी राय दी।

''देखो ये जंग पाकिस्तान की है। उन्हें कश्मीर चाहिये। उसके लिए वो चीन से मिल के तैयारी कर रहे हैं।''

... उसने समझाया।

''उसका मक़सद, हिन्दुस्तान की जंगी ताक़त को आज़माना और कम करना है। ताके पाकिस्तान झपटने के लिए तैयारी कर ले। चीन के पास मरवाने के लिए बहुत लोग हैं। वैसे कम हिन्दुस्तान के पास भी नहीं हैं।''

जॉर्ज कुछ ज़्यादा ही दूर की सोचता था। उसकी उम्र भी अब चौसठ की हो चुकी थी... और अब उसका दो साल का एक नवासा भी था। एक दिन जॉर्ज अपने नवासे 'पीटर' को प्राम में लेकर घुमा रहा था जब अचानक एक शख़्स, सेमूएल पोल्ट्री फ़ार्म में दाख़िल हुआ। वो किसी 'फ़ज़ल फ़ूड सेंटर' का मालिक था। और अटक का रहने वाला था। जॉर्ज

को दिलचस्पी हो गयी। और वो, उस शाम उसे जयपॉल से मिलाने घर ले आया।

पॉल ने जब उससे पंजाबी में बात की, तो जोश में उठ के उसने गले लगा लिया... सलीम सिद्दीक़ी नाम बताया। सलीम का छोटा-सा एक पाकिस्तानी अन्दाज़ का कबाब शबाब का होटल चल रहा था... 'फ़ज़ल फ़ूड सेंटर' उसने बताया।

''बिलकुल ढाबे स्टाईल का समझिये। मैं अब कुछ 'कैंड फ़ूड' (canned food) का बिज़नेस शुरू करना चाहता हूँ।'' और फिर धीरे से बोला।

''सच पूछिये तो एक पार्टनर की तलाश कर रहा था। आपके पोल्ट्री फ़ार्म का नाम बहुत सुना था। सोचा था कोई गोरा होगा। पार्टनरशिप के लिए ट्राई कर के देखते हैं। यहाँ आया तो इंडियन भाई मिल गया!''

इंडियन नहीं जी, पाकिस्तानी हूँ। और डैड ने बता ही दिया आपको। आप ही के शहर से हूँ। कैम्बलपुर!''

''अब फिर से अटक ही कहते हैं उसे।'' सलीम ने बताया।

थोड़ी-सी बातचीत के बाद ही पॉल ने अपने दिल की बात खोल दी।

''मुझे पाकिस्तान जाना है अपनी बीवी को लेकर!''

''जब कहिये चल देंगे। अभी गर्मियाँ हैं। सर्दियों में चलिये ज़रा खाने-पीने का भी मज़ा आयेगा।''

''गुरुद्वारा रोड है?''

''जी बिलकुल है। और उसी नाम से है।''

''घंटाघर चौक?''

''वो भी है। पहली घड़ी तोड़ दी थी किसी ने। नई लगा दी है और ख़ूब चल रही है।''

पॉल की आँख में कोहरा उतर आया—बोला :

''वहाँ आपके कौन-कौन हैं?''

''बीवी है और दो-तीन बच्चे हैं।''

फिर हँस के बोला। ''मतलब दो हैं। एक होने वाला है।''

''माँ-बाप?''

''नहीं हैं। एक भाई है। दुबई चला गया है। अच्छा बिज़नेस जमा लिया है।''

''फ़ज़ल फ़ूड उनके नाम पर है क्या? आप तो सलीम अहमद हैं।''

''नहीं नहीं... फ़ज़ल मेरे अब्बा का नाम है। मास्टर फ़ज़लदीन सिद्दीक़ी!''

''अच्छा अच्छा... वो क्या करते थे?''

''पढ़ाते थे। हैडमास्टर थे स्कूल के। उनका स्कूल भी दिखायेंगे आपको। अब तो बहुत बड़ा हो गया है। नई बिल्डिंग बन गयी है। किसी ज़माने में सिर्फ़ मिडल स्कूल था। अब तो

ख़ैर से कॉलेज है। बड़ी तरक़्क़ी की है पाकिस्तान ने! आप इस बार चलिये हमारे साथ!''

''कैम्बलपुर?''

''नहीं! अटक!'' सलीम हँस पड़ा।

उसी साल सर्दियों में जयपॉल अपने कैम्बलपुर आया। एडना नहीं आयी। वो राजपूताना जाना चाहती थी।

सर उठा के घंटाघर की घड़ी को देखा पॉल ने। सर्दियों के कोहरे में कोई आर्ट पीस लगता था। पुराना ब्रिटिश स्टाईल का बना हुआ तिकोन ऊपर। यहाँ तो बहुत अच्छा लगता है। वो स्टाईल ब्रेटेन में अच्छा नहीं लगा था उसे।

सलीम उसे अपने घर ले गया। वो अब उसका पार्टनर था। 'ईस्टर्न कैंड फ़ूड' के नाम से दोनों ने नया बिज़नेस शुरू कर लिया था। शहर का कोई नया ही इलाक़ा था। नई बिल्डिंग थी। दो मन्ज़िला। दोनों भाईयों के नाम से। सिद्दीक़ी हाऊस! अन्दर हॉल में फ़ज़ल दीन सिद्दीक़ी की एक बड़ी-सी तस्वीर लगी थी। सलीम ने बताया।

''इंग्लैंड में ये ब्लोअप (blowup) बनवाया था। फ़ोटोग्राफ़ी की तो कोई बड़ी रेवायत नहीं थी उनके ज़माने में। एम.बी. मिडल स्कूल की इमारत जब गिरा कर दोबारा बनाई गयी, तो वहाँ के किसी रजिस्टर में ये फ़ोटो मिली थी। वहीं के एक क्लर्क को। वो दे गया... एक और सरदार की तस्वीर भी

दी थी उसने। उनके बड़े पक्के दोस्त थे। अब नाम भूल गया मैं। हमने छुटपन में देखा था उन्हें। हमारे घर आया करते थे। लेकिन उनकी एक बड़े मज़े की बात मुझे याद है। हम छोटे ही थे तब! सरदार जी जब भारत गये तो अपनी भैंस हमारे दरवाज़े पर बाँध गये। और चाक से उसकी पीठ पर लिखा हआ था। ''पाकिस्तान, तुम्हारे हवाले कर के जा रहा हूँ!''

दोनों दोस्त हँस दिये। सलीम ने कहा भी।

''स्कूल मास्टर था नां। ब्लैक बोर्ड पर लिखने की आदत थी।''

''आपका घर कहाँ था?'' सलीम ने पूछा।

''सिविल लाईंज़ में कोठी थी।''

''ओहो... वो इलाक़ा तो... अब गोर्मेंट के दफ़्तर बन गये हैं उधर।''

पॉल ने बताया। ''कल बहुत ढूँढा मैंने। मुझसे तो सड़कें ही नहीं पहचानी गईं।''

अगले दिन जयपॉल सलीम को साथ लेकर गया। और जगह ढूँढ निकाली। कोठी करवट बदल कर बैठ गयी थी।

हुआ यूँ था कि कोठी की पुश्त की जानिब एक बड़ी चौड़ी रोड बन गयी थी... अब वही मेन रोड कहलाती थी। जिधर लॉन था, उसमें दीवार खींच कर एक छे-मन्ज़िला सरकारी बिल्डिंग बन गयी थी। और वो कोठी दो बिल्डिंगों के बीच में दुबकी बैठी थी।

बहरहाल पूछते-पुछाते अन्दर तक जाने का रास्ता भी मिल गया। उस कोठी में अब कोई मुहाजिर ख़ानदान बस्ता था। बड़े बावज़य लोग थे। कमरों में कई कमरे बन गये थे। एक कमरे में बिठाया। चाय-पानी पेश किया और उस मौसम का घर का बना, गाजर का हलवा भी सामने रखा।

पॉल की आँखें डबडबाई-सी रहीं। बोला :

''उस ज़माने में बहुत बड़ी लगती थी ये कोठी।''

साहबे ख़ाना ने बड़े सलीक़े से अर्ज़ किया।

''ज़रूर रही होगी जनाब। आस-पास बड़ी-बड़ी बिल्डिंगें आ जाने से अब इसका क़द छोटा लगता होगा। वरना है उतनी ही। कुछ आप बड़े हो गये हैं इसलिये भी दरवाज़े छोटे लगते हैं। आप तो बहुत छोटे होंगे जब यहाँ रहते थे।''

''जी!'' पॉल ज़्यादा रुक न सका। और चलने को तैयार हो गया...

उठते-उठते साहबे ख़ाना, अली रज़ा साहब बोले : ''एक अमानत इस घर की हमारे पास रखी है। बस यूँ ही सँभाल के रख ली थी। इस उम्मीद पर कि शायद कभी कोई लौट कर आये।''

यह कह के अन्दर गये। और बोसीदा से काग़ज़ों में लिपटी, संगे-मर-मर की एक तख़्ती उठा लाये... बोले।

''ये शायद इस कोठी के गेट पर लगी हो। अब गेट तो नहीं। लेकिन...''

जयपॉल ने खोल लिया... उस पर अंग्रेज़ी में लिखा था।

राय बहादुर देसराज
कोठी नम्बर 8
सिविल लाईंज़
कैम्बलपुर

जयपॉल से रहा नहीं गया... गोद में लेकर बैठ गया... और फूट के रो पड़ा!

"ये मेरे फ़ादर का नाम है!"

अपने बाबूजी का चेहरा घूम गया उसकी आँखों में। सुनहरी कल्ले पर लिपटी पठानी पगड़ी। जब ट्रक में बैठे थे तब भी घर की चाबियों का पूछा था। उन्हें उम्मीद थी किसी दिन वापस लौटेंगे।

ठीक कहता था जॉर्ज, मज़हब के बटवारे कच्चे होते हैं। सत्तर की दहाई चढ़ने लगी थी कि पाकिस्तान टूट गया। एक हिस्सा, एक और नया मुल्क बन गया। ''बंगलादेश''।

फिर कुछ सूखे पत्ते इधर-उधर उड़ने लगे। एक और दहाई गुज़र गयी। सत्तर की।

फ़ौजी के ट्रक से गिरे कुछ पत्तों ने मिट्टी पकड़ी ही थी, नई ज़मीन पर उगने ही लगे थे के एक और आन्धी ने सर उठाया... !

एक भंवर था आग का, जो दिल्ली से निकला और इस तेज़ी से फैला कि कुछ घंटों में सारे हिन्दुस्तान को अपने चक्कर में ले लिया !

हुजूम घूम रहे थे हर तरफ़, डंडे, बर्छे, और गंडासे लिये। और पगड़ी दाढ़ी से पहचान कर, सिक्खों को यूँ चुन रहे थे जैसे कोई गेहूँ से घुन चुनता है। बाज़ारों, दुकानों में, मकानों और बस्तियों में। रेलगाड़ियाँ रोक-रोक कर, डिब्बों से सिक्खों को बाहर निकाला जा रहा था और प्लेटफ़ार्म पर बिठा कर उनके सर मुँढे जा रहे थे। जिस तरह बटवारे के दिनों में मुस्लमानों ने हिन्दुओं के ख़तने किये थे।

दिल्ली में हिन्दुस्तान की प्रधानमंत्री, 'इंदिरा गाँधी' को एक सिख ने क़तल कर दिया था ! !

कर्तार सिंह कानपुर आया था। उसके बेटे ने सिख हो कर भी अपने बाल कटवा दिये थे। वो बहुत नाराज़ था, उससे। उसे अपनी ज़िन्दगी से बेदख़ल कर के एक गुरुद्वारे में रात काटी थी। सुबह सुबह निकल रहा था दिल्ली वापस जाने के लिए जब उसने इंदिरा गाँधी की ख़बर सुनी। उसने ये ख़बर भी सुनी कि दिल्ली में सिखों के ख़िलाफ़ फ़सादात शुरू हो चुके हैं।

वो बीवी और मैया को पीछे छोड़ आया था। उनकी फ़िक्र हो गयी उसे। वो स्टेशन पर पहुँचा तो एक हुजूम देखा, वहाँ से निकलते हुए। कुछ सिक्खों को बालों से घसीट कर बाहर ला रहे थे। और नारे लगा रहे थे।

''ख़ून का बदला, ख़ून से लेंगे!''

बदहवास होकर, वो पलटा तो एक मियाँ भाई ने सर पे हाथ मारा। पगड़ी फेंकी और दबी आवाज़ में बोले। ''ऐ मरेगा, सिक्खा!''

साथ ही पीछे खड़े ट्रक में धकेल के फट्टा चढ़ा दिया। कतरि का दिमाग़ एक फिरकी की तरह घूम गया। इससे पहले कि वो सँभलता मियाँजी बड़ी तेज़ी से ट्रक वहाँ से निकाल कर ले गये। कुछ देर तो कर्तारा ख़ाली ट्रक में लुढ़कता ही रहा।

हाईवे पर, एक सुनसान-सी जगह पर ट्रक खड़ा कर के, जाफ़र मियाँ ने डाँट दिया। और निकाल के सामने बिठा लिया।

''बच गया तू। जानता नहीं बाहर क्या हो रहा है?''

फिर ख़ुद ही पूरी ख़बर सुना दी। और डपट के बोले :

''ट्रेन से हर्गिज़ मत जाईयो। ट्रेन रास्ते में रोक रोक लोग, सिक्खों को पकड़ पकड़ के झटका रहे हैं। जिन्हें सिक्खों की दुकानें नज़र आती हैं, जिन पर खंडा बना हुआ है, सब जलाई जा रही हैं।''

एक वक़्फ़ा आया। फिर बोले।

''कहाँ जा रहा था?''

''दिल्ली!''

''दिल्ली में क्या करता है तू?''

डरते डरते उसने कहा। ''ऑटो पार्टज़ की दुकान है।''

''खंडा बना है दुकान के बोर्ड पर?''

''नहीं! लेकिन 'सिंह ऑटो पार्टज़' नाम है।''

एक बड़ा लम्बा वक़्फ़ा गुज़रा। फिर अचानक बोले।

''तेरे बाल काट दूँ? फिर आ जायेंगे।''

उसका हाथ पगड़ी पर चला गया। मियाँ की आँखों में एक चमक आयी।

''डर नहीं, मैं सरदारों की बहुत इज़्ज़त करता हूँ। मेरे भी दोस्त हैं। मैं भी वापस ही जा रहा हूँ कर्नाल तक। चल कहीं छोड़ दूँगा।''

जाफ़र मियाँ बड़े सुलझे हुए और सब्र वाले इन्सान थे। इस मुल्क की ऊँच-नीच वो देख चुके थे। एक तजुर्बे की बात कही।

''हमें भी एक सिख ने पनाह न दी होती, तो पाकिस्तान चले गये होते। सन् 47 में जब दिल्ली में फ़सादात शुरू हुए और हालात पर क़ाबू पाना मुश्किल हो रहा था, तो सरदार पटेल ने पुराने क़िले में मुस्लमानों के कैम्प लगवा दिये। जो मुस्लमान पाकिस्तान जाना चाहते थे, उन्हें मिल्ट्री की हिफ़ाज़त में वहाँ लाकर रखा गया और मिल्ट्री की हिफ़ाज़त में ही बॉर्डर पार पहुँचा दिया गया। हमने भी वही किया था। कैम्प में पनाह ले ली थी। मेरे अब्बा के एक दोस्त थे। सरदोल सिंह। स्कूल का याराना था। उन्हें पता चला तो, पुराने क़िले के रेफ़्यूजी कैम्प से ढूँढ के, मना के अपने घर ले गये हमें। मिल्ट्री वालों की हिफ़ाज़त में। रसूख़ वाले आदमी थे वो। हमारे अब्बा भी कांग्रेसी थी। फिर हम यहीं रह गये हिन्दुस्तान में। जब तक नेहरू थे, हमारे अब्बा को डर नहीं लगा। लेकिन उनकी मौत के बाद उन्हें भी डर लगने लगा था। कहते थे।

''इस मुल्क में पता नहीं चलता कब हांडी गुड़गुड़ाने लगे। यहाँ की सियासत चौपाल के हुक़्क़े की तरह है। जिसके मुँह में नली आये, वही ज़मींदार बन बैठता है।''

जाफ़र मियाँ जितने नज़र आते थे, उससे ज़्यादा जानते थे।

जाफ़र मियाँ कुछ रुक कर फिर बोले। ''अभी तो कई बार ये मुल्क टूटेगा, जुड़ेगा। सदियों पुरानी आदत है हुकमरानों की। कोई दूसरा आ के जोड़ दे तो जोड़ दे, ख़ुद नहीं जुड़ेंगे। ख़ुद जुड़ के रहना है तो जम्हूरियत क्या है? सीखना पड़ेगा।''

''आप ये सब कैसे समझते हैं?''

''मैं नहीं। ये सब अब्बा कहा करते थे। बताया न कांग्रेस में थे।''

एक आह भर के बोले। ''अम्मा अब्बा अब नहीं हैं। मगर बड़ा भाई है एक। अमरीका चला गया है। अच्छा कमा रहा है। मैं भी जा सकता था। लेकिन हिन्दुस्तान से बाहर जाने को कभी जी नहीं चाहा। कोई बात है इस मिट्टी में, आप जुड़े भी रहते हैं, उखड़े भी रहते हैं!''

''क्यों? यहाँ के रोज़-रोज़ के दंगों से आजिज़ तंग नहीं आ गये आप?''

एक लम्बी साँस लेकर बोले। ''यूँ है कर्तार सिंह, जो पाकिस्तान नहीं जाना चाहते थे, पर जाना पड़ा, उन्होंने बाहर का रुख़ देखा। यही हाल उन लोगों का हुआ जो पाकिस्तान से नहीं आना चाहते थे, मगर आना पड़ा, वो भी पहला मौक़ा पाते ही हिन्दुस्तान से निकल पड़े। इसीलिये बाहर मिलते हैं तो बड़ी मुहब्बत से मिलते हैं। दो बिछड़े हुए आशिक़ों की तरह। दोनों के पास बाँटने के लिए बहुत दुख हैं।''

कर्तार सिंह बोला। ''कभी कभी तो मेरा भी जी चाहता है लेकिन... अपनी मैया को छोड़ कर नहीं जा सकता। वो न होती तो... मैं भी पता नहीं, कब, कहाँ, मर-खप गया होता। किसी रेफ़्यूजी कैम्प में।''

''तुम भी उधर से आये हो?''

''जी!... ऐसे ही एक ट्रक में बच के निकल आये थे।''

दोनों में चुप छा गयी। सिर्फ़ कोलतार की सड़क पर दौड़ते, ट्रक के टायरों की आवाज़ सुनाई देती रही। दिन डूब रहा था। जाफ़र साहब बोले।

''कर्तार सिंह—एक काम कर—बाल खोल के पीछे बाँध ले। और पगड़ी फ़क़ीरों के फटके की तरह बाँध ले। मेरे साथ तुझ पर कोई शक नहीं करेगा। कल सुबह मैं तुझे 'धौला कुआँ' के पास छोड़ के कर्नाल निकल जाऊँगा। दिल्ली का पर्मिट मेरे पास नहीं है। अल्लाह ने चाहा तो दो एक रोज़ में ये आग भी मन्द पड़ जायेगी।''

जाफ़र मियाँ दो एक जगह अपने जाने-पहचाने ढाबों पर रुके और फिर चल दिये। हर जगह वैसी ही ख़बरें सुलग रही थीं, कुछ लावारिस से ट्रक भी खड़े नज़र आये। ज़रूर सिक्खों के होंगे। कहीं भी रुकने का हौसला नहीं हुआ। सारी रात वो बिना आँख झपके ट्रक चलाते रहे।

दिल्ली तक पहुँचते-पहुँचते सुबह हो गयी, लेकिन दाख़िल होते ही जो मंज़र देखा, वो चौंका देने के लिए काफ़ी था। 'मुनीरका' की तरफ़ मुड़ते ही देखा, एक हुजूम एक सिख को घसीटता हुआ, बिजली के खम्बे की तरफ़ ले जा रहा था, जहाँ दूसरे खम्बे पर एक सिख पहले से बँधा हुआ जल रहा था। एक जलता हुआ टायर उसके गले में पड़ा था। हर तरफ़ गाढ़ा काला धुआँ भर गया था। वो गला फाड़ के चिल्ला रहा था।

''मत मारो मुझे। मत मारो। 'इंदिरा' मेरी माँ थी। मत मारो मुझे।''

जाफ़र मियाँ ने ट्रक मोड़ दिया दूसरी तरफ़। दूर दूर तक किसी पुलिस वैन का निशान तक नहीं था। कर्तार की आवाज़ काँप रही थी, बोला।

''कल से चल रहा है। अब तक मिल्ट्री निकल आनी चाहिये थी। यहाँ तो पुलिस भी नहीं है।''

जाफ़र मियाँ बड़ी ठंडी आवाज़ में बोले :

''वो नहीं आयेगी।'' फिर नम आवाज़ में कहा, ''कर्तार सिंह चल मेरे साथ, कर्नाल निकल चलते हैं।''

''नहीं नहीं, मियाँ जी! मेरी मैया बेमौत मर जायेगी। 'धौला कुआँ' के अगले मोड़ पर छोड़ दीजिये मुझे। वहाँ से मेरी दुकान नज़दीक है। मैं घर पे फ़ोन कर दूँगा।''

''दुकान भी कहाँ महफ़ूज़ होगी कर्तारा!''

''मैं... मैं अन्दर जाकर बन्द कर लूँगा। उतार दूँगा साईन बोर्ड।''

जाफ़र मियाँ रुके नहीं। चलते रहे।

बोर्ड निकालने का मौक़ा ही नहीं मिला कर्तार सिंह को। हुजूम पहुँच गया। सामने का आहनी दरवाज़ा उसने बन्द कर लिया था। रौशनदान की एक सलाख़ पकड़े, कर्तार सिंह एक टूटी

हुई ईंट पर पैर जमाये थरथर काँप रहा था। शुक्र है कि उस रौशनदान पर उसने एक गत्ता चिपका रखा था। क्योंके काँच टूट चुका था। दुकान के बाहर लोगों का हुजूम जमा था, और चिल्ला रहे थे।

''बाहर निकल ओ सिक्खा... बाहर निकल!''

लोहे का दरवाज़ा उनसे टूट नहीं रहा था। लेकिन जब वो धकेलते तो बीच के शगाफ़ से उस पार का पूरा मंज़र नज़र आता था।

बाहर लगे टायरों का ढेर लुट रहा था। वो जानता था, उन टायरों का क्या किया जायेगा।

सुबह उसने वो मंज़र देखा था। दो सिखों को घसीट कर खम्बों से बाँध कर, उनके गले में टायर डाल कर, ज़िन्दा जला दिये गये थे। उनकी चीख़ें दूर डिफ़ेंस कॉलोनी तक गूँज रही थीं। और फिर धुएँ में घुट कर बन्द हो गईं। बहुत से खद्दर-पोश उस हुजूम की अगुवाई करते हुए नज़र आ रहे थे। बाहर वो हुजूम बढ़ता जा रहा था। किसी देशभगत ने चिल्ला कर कहा।

''ओये, दुकान के पीछे की दीवार तोड़ दो।''

कर्तार, पीछे के रौशनदान से कूद गया और बेतहाशा भागा पीछे की गली से। उसकी पगड़ी खुल गयी। उसके केस खुल गये थे। ज़रूरी था कहीं रुके और अपने बाल काट दे।

याद आ गया। बाल काटने पर उसने इकलौते बेटे को किस तरह बेदख़ल किया था कानपुर में।

दिल के किसी कोने में उसे तसल्ली हुई। बेटा तो बचा रहेगा। दीवारों से लगता लगाता वो छुपने की जगह ढूँढ रहा था। एक और गली में मुड़ा तो देखा, कुछ लोग ऊपर चढ़ के एक घर को आग लगा रहे थे। खिड़की से, पेट्रोल में भीगे कपड़ों के गोले अन्दर फेंक रहे थे। नारे वही थे।

''सामने आ सिक्खा... बाहर आ...!''

नीचे लोगों के हाथों में लाठियाँ थीं। गंडासे थे। और कुछ टायर उठाये हुए थे। कुछ टायर लुढ़का रहे थे। वो उल्टे पाँव एक और गली में भाग गया।

उस तरफ़ एक और हुजूम था। हैरान था। ये सारी ख़लक़त कहाँ से बाहर निकल आयी है। उसमें देहाती भी थे, शहरी भी। नौजवान भी, अधेड़ भी। कुछ बुज़ुर्ग भी नज़र आ रहे थे। कुछ खम्बों पर, कुछ और लाशें जल रही थीं। आग कम थी। धुएँ के केस घने थे।

दिल्ली को कुछ हो गया है। पागल हो गयी है। हाँ, वो जानता था किसी सिख ने प्रधानमंत्री को गोली से मार दिया था।

गाँधी को भी तो एक हिन्दू ने मार दिया था। तो?...

लेकिन पुलिस कहाँ चली गयी? मिल्ट्री क्यों नहीं है?

अचानक उसे कुछ लोगों ने देखा और चिल्लाये।

''सिख है...!!''

वो ऐसे दौड़ा जैसे कभी न दौड़ा था। गलियाँ ऐसे पार कीं, जैसे नाले कूद रहा था। वो हाँपने लगा। लोगों की आवाज़ें तआक़ुब कर रही थीं। दौड़ते दौड़ते एक गली में मुड़ा, तो सामने से गली बन्द थी। कोने में एक बड़ी-सी कचरे की भरी गाड़ी खड़ी थी। और कोई रस्ता न था। सर, धड़ समेत उसमें घुस गया। लोगों की आवाज़ें बहुत पास तक आयीं, और फिर दूर होती चली गईं।

कूड़े-कचरे की गाड़ी में घुसे चौबीस घंटे हो चुके थे। ऐसे ही एक बार भूसे की कोठरी में एक दिन, एक रात काटी थी, जब उसके माँ-बाप क़तल हुए थे। उसके सामने! वो छोटा था। और उसका बाबा, दादा उसका उसे, लेकर भागा था। भूसे वाली कोठरी में। भूसे के अन्दर छुपा दिया था। और कहा था, साँस भी मत लेना। अभी तक वो ख़ौफ़ दिल से नहीं छटा था। अगर वो लोग भूसे में आग लगा देते तो? अगले दिन जब उसका बाबा उसे लेकर निकला था, तो एक ट्रक वाले ने उठा लिया था। जो हिन्दुस्तान आ रहा था।

बाबा ने ट्रक में पेशाब कर दिया था। उसे याद आ गया। डर के मारे टटोल कर देखा। उसका पाजामा भी तो भीगा हुआ था। लेकिन वो पूरी तरह ढका हुआ था कचरे से। अब बदबू भी नहीं थी। नथने मानूस हो गये थे। कब से पड़ा था यहाँ?... शायद एक दिन... दो दिन... शायद चार दिन! उसके हाथ

पाँव शल हो चुके थे। पता नहीं, सर में चक्कर आ रहे थे। या कचरे की गाड़ी चल रही थी। ये गाड़ी कहाँ जायेगी। क्या उसी उजाड़े में ले जाकर उसे छोड़ देगी, जहाँ उसने बाबा को छोड़ा था। क्या वहाँ फिर मैया मिलेगी?

मैया... पन्ना मैया... मुझे ढूँढ लेगी उस उजाड़े में। उसके होश गुम हो रहे थे।

पन्ना तीन रोज़ से दहलीज़ पर बैठी थी।

''आया नहीं कर्तारा...!''

कर्तारा की बीवी जसवंत कौर ने समझाया।

''आ जायेंगे मैया! अच्छा है कानपुर चले गये। बच गये।''

''दुकान तो फूँक दी होगी मुस्लमानों ने?''

''मुस्लमान नहीं मैया... ये हिन्दू हैं!''

जस्सी समझा-बुझा कर अन्दर ले आयी मैया को—उसे बहलाने का एक ही तरीक़ा था। कोई पुरानी बात छेड़ दो—मैया बहल जाती थी।

''मैया रेफ़्यूजियों के साथ दिल्ली तक आ गयी तू... तो फिर कहीं बस क्यों न गयी?''

''बस ही तो गयी बेटी। सिर्फ़ शौहर के साथ ही बसना थोड़ा ही होता है। बेटे के साथ भी तो बस जाती हैं मायें। बेटा

भी क्यों? मेरे तो पोते जैसा ही था कर्तारा... बहुत छोटा था। तू तो जन्मी भी नहीं होगी!''

जस्सी हँस देती—''और वो... फ़ौजी... वो तेरे साथ ही आ जाता तो...कितना अच्छा होता!''

पन्ना एक लम्बी साँस लेकर कुछ देर चुप हो जाती। ''खँडहर की वो रात बड़ी अकेली थी जस्सी। उसने एक बार कहा भी था। साथ ही वापस चलने के लिए... लेकिन सुबह होते ही, कर्तार ने फ़ैसला कर दिया... उसका दादा न मरता तो... पता नहीं...'' वो फिर चुप हो गयी।

जस्सी फिर पूछ लेती...

''मैया... फ़ौजी तुझे याद करता होगा?''

बड़ी हल्की-सी एक मुस्कुराहट की लकीर आती पन्ना के होंटों पर।

''हूँ ... मैं याद करती हूँ—तो वो भी करता होगा। नीचे उतरते हुए एक बार मुड़ के देखा था। वो पहाड़ की दूसरी तरफ़ उतर रहा था।''

जस्सी कहती... ''तुझसे बड़ा था नां?'' फिर रुक के पूछती।

''वो जीता होगा अब तक?''

हल्की-सी लकीर बनी रहती और पन्ना कहती...

''हूँ ... मैं जी रही हूँ। तो वो भी जी रहा होगा!''

अब नब्बे से ऊपर का है। सर पे बाल कोई नहीं। कन्पट्टियों पे बस दो छद्री से लटें रह गई हैं। उड़ के मुँह में आती हैं तो थूक से उँगलियाँ गीली करता है, उँगलियों से लटें कान के पीछे कर लेता है। आँखें अब भी वैसे ही चमकती हैं। टॉर्च की तरह। फ़क़ीरों की तरह कश्मीर की वादियों में घूमता रहता है।

फ़ौजी अभी तक ज़िन्दा है!

सन् 47 में, पहाड़ी से उतर के, एक कारवाँ के साथ हो लिया था। कुछ दूर चला। फिर लखबीरा, और ढाबा याद आया। ख़याल आया वहाँ तो अब कुछ नहीं होगा... कोई भी नहीं। क्या करेगा वहाँ जाकर। रुका और मुड़ के देखा, जिधर पन्ना गयी थी।

बस अचानक ही माँ का ख़याल आ गया... माँ जौनपुर में होगी। जाऊँ! देखूँ उसे? वो भी कहीं दोबारा तो नहीं चल दी रावलपिंडी की तरफ़! कहीं इसी कारवाँ में तो नहीं?...

उफ़्फ़! कह के कारवाँ से हट गया।

ये कैसा पतझड़ है?... लोग झड़ते ही चले जा रहे हैं। उड़ रहे हैं सूखे पत्तों की तरह!

बस वहीं से कारवाँ छोड़ा और अकेला एक पगडंडी पर चल दिया। जहाँ भी जाये।... जहाँ तक ले जाये।

फ़ौजी चलता रहा। बेशुमार दिन। बेशुमार रातें।

घूमते-घूमते पचास साल कश्मीर की पगडंडियों पर गुज़ार दिये। उसके भी दो हिस्से हो गये। उफ़्फ़! ये बँटवारे थमते ही नहीं। उसे पता ही नहीं वो किस तरफ़ है?

कब्रस्तान के एक हुजरे में एक गोरकुन के साथ रहता है। अब मालूम है उसे कहाँ जाना है। आख़िरी ठिकाना उसके हुजरे से बहुत दूर नहीं।

तवारीख़ चलते-चलते, एक और सदी पूरी कर रही थी, सन् 1999 था। और कार्गिल की वादी में सारी रात गोले फटते रहे... गोलियाँ चलती रहीं...!

क़ब्रस्तान के हुजरे में लेटे-लेटे, फ़ौजी ने करवट ली और बुड़बुड़ाया...

"फिर शुरू हो गये कमबख़्त! सारी रात सोने नहीं दिया...!"

ये लड़ाईयाँ कुछ नई नहीं थीं उसके लिए। स्कूल के लड़के लगते हैं दोनों। माँगे हुए मखोटे पहन के, अन्धेरे में डराते हैं एक दूसरे को। एक ने ईंट फेंकी, दूसरे ने पत्थर उछाल दिया। नाख़ून बढ़ाने में लगे रहते हैं के नोच लेंगे।

"पचास साल हुए... बल्के ज़्यादा ही होंगे। पता नहीं कब बड़े होंगे ये दोनों लोग?" वो बुड़बुड़ाया...!

सुबह उठकर पोटली सँभाली, हुक़्क़ी गर्म की। और एक पगडंडी पर चल पड़ा... बस्ती की तरफ़! फ़ौजी पगडंडी उतर रहा था—और गुनगुना रहा था...

पैन्दे लम्बे ने लकीरां दे
उम्रां दे हिसाब मुक गये
टूटे लभ्भे तक़दीरां दे
... *क़िस्से लम्बे ने लकीरां दे!*

शब्दावली

तब्सरे : समीक्षा
अज़ीयत : कष्ट, परेशानी
मुश्क : सुगन्ध
तहरीकें : आन्दोलन
पस-मनज़र : नेपश्य
इत्तिहादी : Allied Army
तालबेइल्म : छात्र, शागिर्द
ग़ुरूब : सूर्यास्त
हिंदसों : अंक, आँकड़े
तशवीश : चिन्ता
सबील : उपाय
मश्कूक : शक़्क़ी , सन्देह
ताईद : सहमति
तसदीक़ : हामी भरना
ताम्मुल : झिझक
तसलसुल : सिलसिला
बराहेरास्त : सीधा

हरास	:	डर, घबराहट
नादिम	:	शर्मिन्दा
सूटी	:	छड़ी
वक्खी	:	कमर
मुहतात	:	सावधान
ज़ईफ़	:	बुज़ुर्ग, बूढ़ी
तुर्शी	:	कड़वाहट
बालातर	:	ऊँचा
मंज़ूम	:	छंदबद्ध
बरहम	:	नाराज़
तन्क़ीद	:	आलोचना
मुबाहसे	:	बहसें
मुश्तरका	:	साँझा
मसलहत	:	समझदारी
आसाइश	:	सुविधा
रसूख़	:	जान-पहचान
तआक़ुब	:	पीछा
शल	:	सुन्न
गोरकुन	:	क़ब्र खोदनेवाला

लेखक परिचय

गुलज़ार साहब (जन्म 1934) हिंदुस्तान के बेमिसाल शायरों में से एक हैं; उनके अनेकों काव्य और कथा संग्रह प्रकाशित हुए हैं, और उन्होंने श्रेष्ठ बाल-साहित्य की भी रचना की है। आपकी रचनाओं का भिन्न भाषाओँ में अनुवाद हुआ है। श्रेष्ठ पटकथाकार और सफल फिल्म निर्देशक गुलज़ार साहब की ख्याति हिन्दी सिनेमा के लोकप्रिय गीतकार के रूप में रही है। आपके गीत *जय हो* को ऑस्कर और ग्रेमी अवार्ड से सम्मानित किया गया है। गुलज़ार साहब को 2002 में साहित्य अकादमी, 2004 में पद्म भूषण, 2014 में दादासाहेब फाल्के और 2024 में ज्ञानपीठ पुरस्कार से सम्मानित किया गया।

मुंबई गुलज़ार साहब का आशियाँ और कर्मभूमि है।

HarperCollins *Publishers* India

At HarperCollins India, we believe in telling the best stories and finding the widest readership for our books in every format possible. We started publishing in 1992; a great deal has changed since then, but what has remained constant is the passion with which our authors write their books, the love with which readers receive them, and the sheer joy and excitement that we as publishers feel in being a part of the publishing process.

Over the years, we've had the pleasure of publishing some of the finest writing from the subcontinent and around the world, including several award-winning titles and some of the biggest bestsellers in India's publishing history. But nothing has meant more to us than the fact that millions of people have read the books we published, and that somewhere, a book of ours might have made a difference.

As we look to the future, we go back to that one word—a word which has been a driving force for us all these years.

Read.

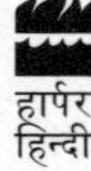